官能サスペンス

禁断の応接室

南里征典

祥伝社文庫

『女取締役の欲望』改題

目次

第一章　初夜権社長

1

「ねえ、香坂《こうさか》さん。あなた初夜権社長なの？」

枕元《まくらもと》のスタンドの明るい照明に照らされた大きな円型ベッドに、誇らしげに全裸の若々しい体を伸ばした春宮志麻《はるみやしま》が尋ねた。

春宮志麻はいま、うつ伏せになっている。どこもかもなめらかに磨き抜かれたような、きれいな女体であった。

頭の後ろでまとめた艶《つや》やかな黒い髪が、肩から背の上に流れて、雪白の輝きを放つうつ伏せの裸身に、鮮《あで》やかな黒白の対比のなまめかしさを、かもしだしている。

春宮志麻のウエストは格好よく締まり、ヒップが可愛《かわい》く丸みを帯びていた。太腿《ふともも》もぬめらかで、健康そうに張りつめた肌をしていて、足首がきゅっと細い。ベッドのシーツに伏せているため、乳房は今のところ見えはしないが、その背中の姿態だけでも、ふるいつきたくなるぐらい、セクシーな体であった。

「初夜権って、どういう意味です……?」

浴室から出てきたばかりの香坂秀一郎《しゅういちろう》は、腰にバスタオルを巻きつけたまま、ベッドの端に腰かけ、もう一枚の赤いタオルで濡《ぬ》れた頭髪を、ごしごしと拭《ふ》いているところである。

「あら、初夜権を知らないの?」

枕に顔を埋《うず》めた春宮志麻が、いくぶん、けだるげな声で尋ね返した。

この美貌《びぼう》と知性を誇る女専務が、けだるげな声をする時は、体奥から欲情が盛りあがっていて、体を熱くしている時のしるしであった。

「知らないから、聞いているんですが」

「初夜権って、結婚する女性の処女を奪うことよ」

「今どき、結婚するまで処女でいる女なんか、いるんですかね」

「そりゃ、たまにはいるわ。それに、初夜権っていうのは、何もその女が処女でなくってもいいのよ。ともかく結婚前夜に、花嫁の体をまっ先にいただいて、貫通式をやる権利のことだけど」

「ああ、そういう意味なら、ぼくはいつもやってますよ」

「やっぱり噂《うわさ》は本当だったのね」

「といっても……おれは初夜権社長だぞ、おい、やらせろ、と改めてそう宣言したことはありませんよ。採用基準として自社モデルについては、だいたいオーディションの時に脱がして、抱いて、味見している、という意味ですけどね」

「それも営業的初夜権の行使、というものよ。憎たらしいッ」

と言いながら、春宮志麻がむっくりと起きあがって脇腹《わきばら》をつねりにきたところを反対に摑《つか》んで、香坂秀一郎は春宮志麻の女体を引っくり返してベッドに押し伏せ、その豊かな乳房に接吻《せっぷん》にゆく。

「ああん……。ちょっと、待って」

春宮志麻が身悶《みもだ》えする。「その初夜権の行使について、実は香坂さんにちょっと折り入って相談があるのよ」

「どういう相談です？」

香坂は、豊かな乳房の頂点に熱く熟れたぎりはじめている苺《いちご》を啄《ついば》み、唇でこすりたてた。

「あうん……感じる……私の社のあるアイドル歌手に対してあなたの、評判の初夜権を行使してほしいの」

「ほう。処女教育ですか」

「そういうことになるかしら」

「話は、あとで聞きましょう。今はこちらの熟女教育を――」

香坂はそう言って、乳首を含みながら、たっぷりした雪白の乳房を掌《てのひら》いっぱいに包んで、裾野《すその》からみっしりと揉《も》みあげにかかった。

香坂秀一郎は、三十四歳の独身ながら、乃木坂《のぎざか》モデルクラブを主宰している青年社長である。

乃木坂モデルクラブには、本職のファッションモデルやヌードモデルのほかに、女子大生やOL、人妻なども派遣コンパニオン用に籍を置いていて、そういうセミプロ、アマチュアのモデルも入れると、在籍数はざっと百四十人以上を数えるほどの、中堅モデルクラブに成長している。

いま、香坂と一つベッドに寝て、けものの道に堕《お》ちようとしている春宮志麻は、大手芸能プロ「ラッキー・エンジェル」社の女専務である。

まだ女子大を出て四年目の若さの盛りにある美貌の才媛《さいえん》だが、父親、春宮隆志《たかし》が戦後の焼け跡から作ってテレビ草創期以来、発展させた芸能プロを、父亡きあと遺志を受けついで切りまわし、敏腕の年上マネージャーを婿として迎えて「社長」にたて、自分は専務として、後ろに控えて操縦しているという、なかなか聡明《そうめい》な女である。

のみならず、表には夫をたてておいて、自分は裏で恋人を作ったりして、適当に男遊びをしている。なかなかしっかりしたトレンディガールでもあった。

香坂とは仕事柄、ゆききがある。半年ぐらい前、あるテレビ局の新番組発表パーティの夜、なんとなく結ばれて以来、月に一回くらいの割で、仕事の相談や情報交換などを兼ねて、熱い肉体交渉になだれ込む愛人関係になっていた。

今夜も若い人妻重役は、香坂を相手に女の生命をどろどろに溶かそうとしている。

香坂がくちづけを交わしながら、敏感な乳房のベルボタンを懇《ねんご》ろに揉み転がすにつれ、

「ああん、いやあ。そんなことされると、出そうになるわ」

「出そうって、何が？」

「しらない。お露みたいなのが」

「ああ、ここに湧《わ》きだす女の汁ですか。本気汁はだしてもいいいんじゃないかな、どれどれ」

香坂は右手をなめらかな下腹部のほうにすべらせ、人妻重役の豊富な繁みの下の、とろみをまさぐりたてる。

春宮志麻の谷間は、まだあふれるほどではないが、柔らかく溶けたような感触の肉の溝を指先でかまいたてるうちに、どくっ、どくっと、うるみが一波、二波にわたって噴いてきた。香坂がなおも、そそり出た貝の剝《む》き身のようなびらつきを指でつまんでこすり立てると、

「ああ、それっ」

志麻ははばかりのない声をあげた。

「専務ったら、変な女ですね。それっというのはいったい、どこのことですか」

「いいのよっ……そこっ、そこよ、あなた――」

震えを帯びた声が、志麻の口から洩《も》れる。

同時に、ぬるぬるしたものが、二枚の肉びらを楕円状《だえんじょう》にくつろげる香坂の指に、あたたかく噴きかかってくる。

香坂は、そそられた。志麻が噴きこぼすうるみを指でひろげたてるようにして、上辺の谷間に尖《とが》りたちを顕著にしつつある突起をさがす。

女の塔が、肉の紐《ひも》のようなまわりの襞《ひだ》を押しのけるようにして、頭をはっきりとのぞかせていた。

つるつるしたその部分に、香坂は下のとろみを塗りつけ、指でねんごろに押しころがしてやる。

「ああっ……感じちゃうっ」

志麻は喉《のど》を震わせるような声をあげて、腰をうねくらせる。

香坂は体を移し、人妻重役の両下肢を大きく開脚させて、口唇愛をふるまう姿勢にもってゆく。

春宮志麻は、抗《あらが》いはしなかった。

扇形にひろげた両下肢のつけ根に、もっさりと闇《やみ》がたむろしたような繁茂がある。

いまや香坂の眼前に、暗紅色にはじき割れたアケビの実のような女陰が、内側のびらびらした二枚の秘唇をのぞかせながら、わずかな収縮の息づかいをみせて、わななき開いていた。

もっさりと繁った密毛の先には、すでに光るものがしたたっていた。志麻は恥丘だけではなく、舟状の割れひらきの周囲にも毛足の長い陰毛の幾筋かを貯《たくわ》えていて、香坂は、外陰唇の膨らみに粘りまといついているその毛を、舌の先で押しどけるようにして、うるみの中に舌を沈めた。

「ああっ……だめええ」

割れ目に舌を浸して、くつろがせ、舐《な》めたてるうち、人妻重役の頤《おとがい》が反り返った。

谷間はオリーブ油をこぼしたようなぬかるみになった。

鮎《あゆ》の背打ちのような水音が立つ。

女の塔がぷりぷり濡れ光って息づいている。

香坂は、上辺の女の塔も急襲してやった。

舌で薙《な》ぎ伏せ、肉の芽の下方から上に跳ねあげるような運動を加えて苛《いじ》めぬいてやる。

「いやあん……そんなにしないで」

香坂が、唇にまといついてくるまわりの柔らかいびらつきごと女の塔を吸ってやると、

「ああっ……いっちゃう」

志麻は両手を差しのばしてきて、不意に香坂の頭を抱き寄せ、ぐいぐいと押しつけてく

る。

そうなると、口も鼻も塞《ふさ》がれて息苦しいぐらいだ。でも我慢して奉仕をつづけるうち、春宮志麻は高い叫びを一声、鋭く噴いたかと思うと、腰を突きあげてきて軽くブリッジを作り、腰のあたりと両太腿に一瞬の激しい、小さな震えを走らせた。

軽い頂上感が掠《かす》め通りすぎたようだ。

春宮志麻はどさっと、腰を落とした。

「香坂さんったら、いや。くださる前から、私をイカしてしまうんだもの」

喘《あえ》ぎながら、湿った声でいう。「ねえ……お願い……いれて欲しいわ」

「このままつづけて、いいんですか」

「つづけて欲しいわ。今、まだぴくぴくしているはずよ、私のあそこ」

香坂は、腰のバスタオルをはずした。ゆらぎ打つものが解放されて、仰角のしなりを作った。

香坂は春宮志麻の、ふっくらした恥丘が正面にみえて、茂みの下のクレバスが、楕円形の花のようによじれてわなないているのを目撃しつつ、その中央の窓に硬直をあてがい、沈めた。

亀の頭の部分が、蜜《みつ》の中につかっただけで、

「あうん……」

と、人妻重役の首がのけぞる。

香坂はゆるゆると奥にすすめ、春宮志麻の熱い粘膜の底に到着させた。

人妻重役は、目をまわしたような顔になった。そうして男の腰に両手をやって、じっくりと深く味わっている。

香坂は奥に届いたところで、少し静止した。うねくってくるものを感じた。志麻の熱い粘膜分泌の世界が、猛《たけ》りの進入に恐慌をきたしたように騒ぎたち、賑《にぎ》わいたっているようであった。

「ああ……すてきよ、香坂さんのって」

春宮志麻が感きわまって、うわ言のように言いながら、両手を香坂の背中にまわしてくる。

密着感を深めようとしていた。

香坂は力強く、動きはじめた。ストレートの連打に加えて、深浅の変化や角度の変化を加えた。

「なかまで、どろどろですよ」

「いやっ。おっしゃらないで」

「ずるずると、すべる」

「あなたが激しいんだもの……ああっ、いい」

志麻は、かすれ声で言った。

ぐいぐいと奥をうがつ。

「いやーっ……いきそう……だめっ」

絹を裂くような声が、女重役の口からほとばしった。

香坂は身を折って、乳房に接吻した。乳首を口に含んであやしながら、花埋《はなうず》みの中を掻《か》きまわすように動かし、打ちつけた。

体動にスピードと変化が加わった。

ふきこぼれる声が、賑やかになる。

春宮志麻は、もう登頂しかかっていた。

香坂は、フィニッシュの連打を浴びせた。じきに女体の終局は訪れ、突然、志麻の中にきらめき昇ってゆくものが湧いていた。

「ああーっ……だめだめ……いっちゃうよう！」

人妻重役は白くて細い首すじを、これでもかとのけぞらせて絶叫の声をあげ、頂上感の中でなおも香坂を喰《く》い締めていた。

2

……終わって、香坂は腹這《はらば》いになり、煙草に火をつけた。

「初夜権社長の仕事って、何でしょうか」

思いだしたように、それを尋ねる。

「あ、そうそう。その相談があったわね。私、あまりよくって、頭がからっぽになってしまってよ」

人妻重役は、のろのろとベッドに起きあがって座り直し、両手で長い髪をわさっと、背中のほうに跳ね流した。

「相談の子というのはね、うちのドル箱スター、西塔寺聖美《さいとうじきよみ》よ。いかが、初夜権社長の欲望、うずかない？」

「ええーッ、西塔寺聖美ですって！」

香坂は、驚きの声をあげた。「西塔寺聖美をぼくに抱いてくれ、とおっしゃるんですか？」

「そうよ。あの子の処女を破って、大人のセックスをしっかり教えてほしいの」

「すぐには信じられませんね。耳を力一杯、つねりたいくらいだ」

生き馬の目をぬく業界で生きている香坂ほどの人間が驚くのも、無理はない。

西塔寺聖美は、日本の外交官とフランス女性との間に生まれたハーフのアイドル歌手で、その妖精《ようせい》のような美貌《びぼう》とバレリーナのような肢体で、今や超人気タレントである。

父親の西塔寺公康《きみやす》は、外務省のキャリア組で、若い頃からフランス、イギリス、スイスとヨーロッパの日本大使館の一等書記官や領事、大使などを歴任してきて、今は本省に戻って次官一歩手前である。

その西塔寺が若い頃、フランスで一等書記官をしていた時代にパリで、旧ハプスブルク家につながる貴族のフランス女性と結婚して出来た子が、聖美であった。

しかし、両親の結婚は不幸に終わった。聖美が生まれて間もなく、国情の違いや性格の不一致から西塔寺は、そのフランス女性と離婚し、娘を引き取って男手一つで育てはじめたのであった。

父親はのちに、日本女性と再婚した。継母は聖美に辛《つら》くあたったわけではないが、事実上、聖美は父親のほうになついて、パパっ子として育ったと聞いている。

それに、外交官である父親の転任に伴い、聖美はその成長期をほとんどヨーロッパ各地を転々として送り、高校はパリのカトリック系の名門高校《リセ》に入って、寄宿舎生活を送ったので、事実上、聖美はフランスの令嬢として育ったようなものである。

幸い、父親が帰国後の生活を考え、家では厳しく日本語を教えたので、聖美は普通程度には日本語も話せるし、日本人社会での挨拶《あいさつ》や感情交流の方法にも馴染《なじ》んでいる。

ところで、その聖美が父親と一緒に日本に帰国したのは、高校を卒業した年であった。麻布《あざぶ》に住み、近くのお嬢さん学校である聖星女子短大に通いはじめた夏、学園祭で〝ミス聖星〟に選ばれ、たまたま週刊誌のグラビアを飾ったことから一躍、世間の脚光を浴びるようになった。

それ以来、妖精ふう、パリジェンヌ風の美貌と、本場のバレエで鍛えた肢体が人気を呼び、テレビや週刊誌にひっぱりだこになった。はじめは娘の芸能界入りには、強く反対だった父親も、聖美が大手化粧品会社のキャンペーンガールに起用されるにいたって、とうとう匙《さじ》をなげて、芸能界入りを許した。

いや、むしろ売れ出してからは父親のほうが積極的になって、知りあいの春宮志麻が専務をする芸能プロ「ラッキー・エンジェル」社に所属させ、テレビや出版社に売り込んで、本格的な芸能活動をすることになった。

デビュー以来、まだ一年半だが、今やテレビドラマや歌番組やヌード写真集、女性誌のグラビアにと、西塔寺聖美は超人気アイドルである。

香坂などは、スタジオや劇場で一、二度、すれ違ったくらいで、ろくすっぽ話したこともない。

（あの聖美を抱く。抱いて、処女を卒業させる……）

と考えると、さすがの初夜権社長、香坂秀一郎も、生唾《なまつば》を呑《の》むのであった。

「しかし、あの子、本当に処女なんですかね」

香坂は、志麻にそう訊《き》いた。

今どき、二十歳になって処女というのは、珍しいと思われる社会風潮だからである。

「嘘《うそ》だと思うでしょうけど、本当なの。あの子の育った環境を考えてごらんなさい。フランスの貴族の血を引いてカトリック系女子高の寄宿舎暮らしでしょ。恐《こわ》ーい舎監の尼僧がいて男なんか近寄れなかったのよ。日本に帰国してからだって、外務省高官の娘として、飛び切りの箱入り娘だったわけよ」

「じゃ、きわめつけの無菌室育ち」

「ええ、そう。聖美は正真正銘の処女なの。それに、来月、人気力士と結婚するのよ」

「人気力士と……？　うっそう。あんなに細っそりした瘠《や》せ型のアイドル・スターが、巨体の相撲《すもう》取りと結婚するなんて……あまり、ぼくを担《かつ》がないで下さいよ」

もっとも、最近、やたらにそういう組みあわせが多いことは、事実である。

「うそじゃないわ。相手は貴花田《たかはなだ》と劣らぬ人気のある若龍山《わかりゆうやま》よ。いくら超人気力士でも、あの巨体のお相撲さんと、バレリーナのように細っこい聖美が結婚したら、いったいどうやってセックスするのか。まともに取り組んだら、聖美が押し潰《つぶ》されちゃうんじゃないかと、私、それを考えると心配で心配で、このところ夜も眠れないのよ」

香坂は、顎《あご》をひと撫《な》でした。

（うーん、これはたしかに大問題である）

香坂は、思慮深く言った。

「現役巨体力士と聖美の結婚じゃ、セックスはまず絶対に、女上位ですね。聖美が正常位で下になったら、圧死してしまう。ところで、さて、女が上に乗って股を広げるにしても、聖美が処女で、男も知らないとあっては、どうやって自分の兎《うさぎ》の蜜口《みつくち》に若龍山の巨根を取り入れるのか、これはこれではなはだ、憂慮すべき問題を孕《はら》んでいますね」

「でしょう。ですから、あなたに相談しているのよ。聖美はフランスのカトリック系の学校で教育を受けていて、男の構造とか、けがらわしいことを一切、知らないままで育っているのよ。ああ、どうしよう……二人の初夜が思いやられるわ」

春宮志麻は、実の母親のように心配している。

その気持ちは、わからないではない。

香坂は、きっぱりと言った。

「わかりました。ぼくでよかったら、初夜権社長の実力のほどを存分に発揮してあげましょう。女が上になって振舞うときは、どうやって挿入し、どういう腰の使い方をし、どうやって愛情行為を遂行すべきか。それを懇切丁寧に指導してあげますよ」

「お願い。助かるわ、香坂様……！」

人妻重役は、両手を合わせて香坂秀一郎を拝んだ。

香坂は、志麻と別れてから熟考した。

どうやって、汚れなき天使に処女を卒業させるか。

ただ処女を破るだけではなく、巨体力士相手の女上位のやり方を教え、若龍山との初夜をスムースならしめなければならない。

いろいろ考えた結果、一策を思いついた。

3

翌日の午後、香坂は乃木坂の事務所を出ると、表でタクシーを拾って目黒《めぐろ》区八雲《やくも》にむかった。

八雲の住宅街の奥静かな邸宅の一軒に、一人の美しい未亡人が住んでいる。元一流ファッションモデルで、現役時代にアパレル系の会社を経営する実業家に見染《みそ》められて引退し、玉の輿《こし》に乗って結婚はしたが、しかしその実業家に早逝されて、今は一人淋《さび》しく暮らしている紺野美寧子《こんのみねこ》という三十四歳の未亡人である。

仕事柄、香坂とは親しかった。香坂は一度、未亡人になった彼女をモデルとして、再出発させようと図《はか》ったが、もう年だから、と美寧子のほうでステージを固く辞退されて、その夢は果たせなかった。

「それより香坂さん、たまには家に遊びにいらして。わたし、空閨《くうけい》を守ってて、とても淋しいのよ」

一人寝の美寧子は婉然《えんぜん》とした視線をむけ、暗に誘うような素振りをみせるのが、常だった。

香坂はまだ、そんな美寧子を抱いてはいない。いつか、寝たいものだ、と思っていた。そのいい機会が訪れたようである。

電話をしておいたので、紺野美寧子は家にいた。いらっしゃい、と待ちわびていたような、粘りつくような笑顔で迎える。

美寧子は和服を着ていた。やや小づくりながら、均整のとれた体を秋色の紬《つむぎ》に包み、豊富な髪を頭の後ろで一つにまとめて、束ねあげているため、細い頸《くび》すじが長く、きれいに見える。

モデルで成功する女は、あまり大柄でないケースが多い。

応接間に通されて、香坂は用件を尋ねられた。

「お話って、何でございましょうか？」

美寧子は、潤いのある瞳《ひとみ》をむける。

モデル時代と違って、すっかり奥様言葉になっていた。

「奥さん、ぼくとセックスしてくれませんか」

いきなり、香坂がそう言ったものだから、

「まあ、何をおっしゃるのかと思ったら」

紺野美寧子は、弾む胸を片手で押さえて、心臓が止まったかという顔をした。

「そんなに驚かなくてもいいでしょう。ね、美寧子さんとぼくの間じゃないですか。ぼくと寝てよ」

聞く耳をもたない、という顔をして一瞬、美寧子は香坂を睨《にら》み、それから流し眼をするように斜《はす》かいに顔をそむけて、ほっと肩で息をした。

「そんなこと、いちいち断わる人がどこにいますか。私を抱きたければ、そっと後ろから抱擁してくだされば、美寧子、いつでも身も心も許して倒れこむ、と言ってるじゃありませんか」

「いや、そういう情緒てんめんのセックスとは、ちょっと違うんですよ。何と言ったらいいのかな、ぼくと美寧子さんとが素晴《すば》らしいセックスをする。その男女交悦の姿を、実は一人の処女に見てもらう、という魂胆なんですけどね」

「まあ、お見せするの?」

美寧子が驚いて、尋ね返した。

「そう。ぼくたちがモデル・セックスをして、すぐ傍である女に見てもらう」

「どういうことでしょうか?」

香坂はそこでやっと事情を説明した。

超人気アイドル西塔寺聖美と、これもまた、超人気力士若龍山の結婚は、美寧子も初耳らしく、驚き、ひどく興味をそそられたようである。

「まあ、そういうことなの。それじゃ、聖美ちゃんのために、私、一肌脱ごうかな。香坂さんとのセックスも実現するんだもの、喜んでお受けするわ」

話は順調に進んで、香坂が春宮志麻に連絡を取り、処女教育の段取りを説明すると、志麻も「そのアイデアは素晴らしいわ」と乗ってきて、西塔寺聖美を次の週の日曜日、八雲に派遣すると約束した。

4

その日は小春日和《びより》の暖かい日だった。

「何だか私、ドキドキするわ」

昼すぎにはお風呂《ふろ》を使って、奥の部屋に布団を敷いて整え、準備万端すませた紺野美寧子が顔を桜色に染めて待機しているところへ、約束の午後一時頃、表に車の駐《と》まる音がした。

「ぼくが出迎えよう、あなたはもう、奥の間に待機してて下さい」

香坂はライブショーがやりやすいよう、素肌の上に着脱自在の大島の着流しというでたちちで、表に出た。

西塔寺聖美は、プロダクションのマネージャーの車に送られて、やってきた。マネージャーはもちろん、

「よろしくお願いします」

と言って、聖美を残して帰って行った。

普通の家庭の人がブラウン管で見る印象より、実物の聖美は派手《はで》さがなく、色の白い、清楚《せいそ》でお嬢さんぽい女の子である。もう二十歳になったはずだが、どうかすると、十八、九歳としか見えないようなところがある。

聖美はもう春宮志麻に言い含められているようで、八雲訪問の目的を知っていた。

「わたくし、何も知らないんです。よろしくお願いします」

西塔寺聖美は、礼儀正しく頭を下げた。

案外、タレントずれをしていない。そう固くなることはないからね、と香坂のほうが気分を寛《くつろ》がせてやったくらいであった。

「聖美さんは、アダルトビデオなんかは、見たことないの？」

「ありません」

「じゃ、男女のセックスを見るの、初めてなんだね」

「は……はい」

聖美は、恥ずかしそうに頷《うなず》いた。

「それじゃあ、やっぱり挙式前に男女の道を知っていたほうがいいでしょうね。若龍山関もそのほうが喜ぶに違いありませんよ、きっと」

「ええ。私もこれまで、初夜のことがずっと心配だったんです」

雪のように白い、純白のセーターに包まれた聖美の乳房は、でも豊かな膨らみを持っていて、重たげに揺れていた。

その乳房を今に裸にして揉《も》むことができる、と思うと猛《たけ》る心を抑《おさ》えながら、香坂は、

「じゃ、はじめましょう。こちらの部屋でやります」

お茶やビールをだしての接待は、わざとらしくなるので、ストレートに初夜権行使のリングにあがることにした。喉《のど》が渇いた時のために、水差しとコップぐらいは、枕元《まくらもと》に美寧子が用意している。

奥の間にはいると、香坂は立ったまま豪快に衣服を脱ぎすて、全裸になって布団の上に仰むけになった。

「部屋はヒーターを入れているから、暖かいでしょう。ね、お嬢さまも裸になるのですよ」

紺野美寧子も和服を脱ぎながら、聖美にも裸になるよう、指示した。

「は……はい……私もですか」

聖美が恥ずかしがりながらも、セーターやスカートを取って、黒いスリップ一枚になっ

た。

美寧子は、和服をぬいで襦袢《じゆばん》一枚になると、香坂の傍に座った。

「よろしくお願いします」

「ああ、こちらこそよろしく」

「ああ……もうこんなになさって」

と言って、美寧子が声をつまらせている。

仰むけになった香坂の股間は早くも隆々と、そりを打ってゆらいでいたからである。

聖美がびっくりして、瞳を瞠《みは》って香坂の男性自身を見つめた。

「まあ、男の人ってこんなに大きいんですか。わたし、恐いわ」

「いいえ、聖美ちゃん、ちっとも恐いことはないのよ。今に握り方から教えますからね」

美寧子が指をあてがう。「こうして握るのよ。殿方の、この部分が亀の頭と言いましてね。先っぽの割れ目が鈴口《すずくち》。そうしてこのあたり、雁首《かりくび》と申しまして、この張りだし部分が女性の器をこすって、えもいえぬ幸福感を女性に与えてくれるのですよ」

美寧子は、香坂の雄渾《ゆうこん》なものの形状をなぞるようにして教えつつ握りしめ、声を上ずらせ、ぼうっとのぼせた顔になっている。

声ももつれ、眼も潤んでいる。

「香坂さんの、ずい分、ふとい。お嬢さま、しあわせですよ、こんな立派なもので女にしていただけるなんて」

　さあ、握ってごらんなさい、と美寧子が勧める。

「関取の男性自身も、もしかしたら、これぐらい立派かもしれませんわね。黒星がふえると意気消沈なさいますから、あなたがこうして握って、励ましてあげなくっちゃ」

　美寧子に促され、聖美はけものに触れるように恐る恐る、香坂の砲身を握った。

「ああ、熱いわ。やけどしそう。こわいわ、わたし……」

　手の中でドキドキする脈を感じて、聖美が赤い顔をした。

「こんなに大きいのがはいるなんて、うそよ。うそにきまってるわ。わたし、信じられない」

　聖美は、香坂の巨砲に怖気《おじけ》づいた。

「いいえ、少しも恐くありませんよ。ほら、ごらんなさい。このように動かすと、殿方のものはますますお見事になって、鈴口から先走りの露というのが出てくるのよ」

　美寧子が指を輪の形にして、みなぎった肉根をすっぽりと入れると、ゆるゆると上下に動かした。

　その指使いが、あまりに絶妙だったので、

「お、おい……美寧子さん、凄《すご》い……いいよ。良すぎて、弾けちゃいそうだ」

　香坂は、その微妙な指戯に呻《うめ》いた。

「弾けちゃうって、どういうことでしょうか」

聖美がびっくりして、尋ねた。

「この殿方の砲身からね、最後になると白いリキッドが噴きだすのよ。それを香坂さんは今、弾けちゃう、とおっしゃったの。今、香坂さんは自制なさっているのよ。女性の中に入っても、香坂さんならきっと、長く自制なさって、お強いはずよ」

「でも、恐いわ。私の中でリキッドが弾けるなんて」

「何が恐いものですか。私なんか、もうずっと、してないんですからね。私の年頃なんか、させ盛りと言いましてね、体はいつも殿方を求めているのに、未亡人となってからは、ずっと長い間、一度もしてないんですからね」

美寧子は何事かを恨むようにそう言って、身を折って香坂の肉根を両手で支え、唇を寄せる。

「聖美さん、よく見ているのよ。女性が痛くないように挿入するには、まず唾《つば》をつけるのです。ごらんなさい、このように」

美寧子は、香坂のみなぎった肉根にずるり、と唇を被《かぶ》せた。

舌をのばし、宝冠部を上手に舐《な》め、唾液《だえき》をたっぷりとつけ、そうしてまたずるり、ずるり、と深く呑《の》み込んだ。

両手で捧げもって、顔を上下にスライドする。

美唇にしごきたてられて、香坂は呻いた。

「お……おい……はじけそうだ、美寧子さん」

「我慢なさい。これからが処女教育の本番ですからね」

聳《そび》えたちにたっぷり唾をつけると、美寧子はやおら、最後の薄ものの襦袢を脱ぎ、全裸になった。初めて未亡人の裸身をみて、香坂はごくりと、喉を鳴らした。

雪のように白い女体が現われ、乳房がゆらぐ。和服を着ていると細っそり見えるが、全裸になると乳房も臀部《でんぶ》も肉感的に張っていて、男の精液をたっぷりと吸収して成熟したという感じがにじみ出ている。

「さあ、お嬢さん。女上位でどういうふうに男性のを収めるのか、やって差しあげますからね。ほんのお手本ですけれども、お嬢さんもあとでこのとおりにやるのですよ。わかりましたね」

「は……はい……」

フランス人の血が半分、はいっているので西塔寺聖美の肌は、パリジェンヌのように白く、その聖美の首すじがすでに、耳元までまっ赤になっていて、彼女は胸を大きく波打たせ、あえがせながら、運命の扉が開くのを肯《うなず》き見入っている。

美寧子は、優美な身のこなしで跨《また》がると、左手で香坂を握りしめつつ、右手を自分の股間にあてがい、密集した性毛を掻《か》きわけける仕草をした。

そうしてそろそろと指を二本、聖美にも見えるように使って、桜色の花びらを開くと、腰を沈め、香坂のはちきれそうな砲身をあてがった。

「いいですか、お嬢さん。お手本だけですよ。関取のものをね、このように握って、女の道にあてがうのですよ」

美寧子は、男性の先端をぬらつく秘唇にあてがい、少し埋め込んだだけで、中腰のまま、ああ……と、消え入るような声をあげて、喉《のど》を反らした。

「ああ……いい……お嬢さま、形だけなんていやいや……美寧子はもう、奥まで入れたくなりました」

未亡人が感きわまった声で言うのを、聖美は、びっくりしたように眼を見開いて、見ている。

彼女の視線の先に、青すじをたてていきり立っている香坂の怒張と、それをあてがわれた未亡人のぱっくり濡れてめくれ開いた、赤い女根がある。

どちらも凄い……と、聖美はそう思って、声を呑んでますます熱心に、男女一対の肉根を見ているようである。

「ああ……お嬢さま……ちょっとあてがっただけなのに、体がとろけそうになるほど、いいのよ。ああ、もうたまんないわ。形だけなんて、いやいや。美寧子は欲しい……奥まで、欲しい」

パリジェンヌのように栗色《くりいろ》がかった長髪をもつ聖美は、円《つぶ》らな瞳《ひとみ》をらんらんと見開き、でも半分は、未亡人の気がふれたのではないかと、心配そうに固唾《かたず》をのんでいる。

「美寧子さん……もう入れ方のレクチャーはいいでしょう。さあ、奥まで、いらっしゃい」

「ああ、うれしい。やっとお許しがでたのね。美寧子は参ります」

聖美は目を剝《む》いた。未亡人がゆるゆると腰を動かしはじめた。交接部分が少しずつ、深いものになってゆくのがわかる。

「ああ……」

美寧子が切なそうな声を発した。

信じられないほど巨大なものを、美寧子というやや小柄な日本の美しい女が、痛がりもせずに快げに呑み込んでしまったので、フランス育ちの聖美は驚いてしまった。

驚きは、それだけではなかった。苦痛どころか、美しい日本女性は今や……ああ……ああ……と喜悦の声をあげはじめ、ひしと男性に抱きついて頰《ほお》ずりしたり、またもやすっくと背をのばして中腰になって首を後ろに反らせつつ、腰を狂奔させたりして、取り乱したような狂態を演じはじめたのであった。

事実、美寧子は久しぶりの男の肉根を収めて、相当、感じ入って乱れきっている。

香坂は、腰を下から使った。

効果はてきめんだった。

やがて、熱帯の鳥が叫ぶような奇声を一声、はなって、いく、いきますっ、という言葉をまき散らしつつ、未亡人はその白い女体をどさーっと男の上に倒して動かなくなった。

聖美はとうとうその女の人が死んだのではないか、という思いの表情をして、放心したように見とれていた。

香坂はまだ、放ってはいない。

聖美の処女破りはこれからなので、香坂の男性は余裕たっぷりの凛然《りんぜん》さを保持している。

美寧子の女体が離れると、それは女液に濡《ぬ》れて黒光りしつつ、湯気をたてていた。

「さあ、今度は聖美さんだよ。こちらへいらっしゃい」

香坂が布団の中へ手を引くと、聖美は夢遊病者のように、ふらふらともたれこんできた。

今や怯《おび》えも、躊《ため》躇《ら》いも抵抗もないところをみると、聖美もすっかりその気になっているようである。

優しく抱いて、くちづけをする。

幼いがでも、唇はじきに男の舌を迎え入れて、聖美は熱い吐息を洩《も》らしはじめた。

「おや……このお嬢さん、いやだわ。ずい分、濡らしている」

ティッシュで股を拭きながら、美寧子が洩らした声に、

「えェー」

「ほらほら、絹のスキャンティの谷間が、あんなに濡れ光っているわ」

香坂が指を送ると、なるほど聖美の女芯《じょしん》はもう、ぐっしょりであった。のみならず、香坂が花びらに指を使いはじめると、聖美は激しく身悶《みもだ》えを打ち、眼をうつろにさせて、火のように喘《あえ》ぎはじめたのである。

「ああ、これなら、心配はないな。さ、聖美さん。今、美寧子さんがやったとおりに、ぼくの上にまたがって、入れてごらん。ぼくの男性を愛する関取の分身だと思って——」

囁《ささや》くと、はい、と健気《けなげ》に返事をして抱擁を解き、聖美はいそいそとスキャンティを脱いで、全裸になると跨ってきた。

「あっ」

自ら握ってあてがうと、若々しい弾みの声をあげて、反り返る。

「そう。お上手だよ。そのまま、腰を沈めてごらん」

聖美は、ゆっくりと腰を沈めてきた。

なるほど途中で一度、鈍いゴム膜のようなものの抵抗を受けはしたが、その瞬間、香坂が聖美の腰を両手で摑《つか》んで、ぐんと下から突きたてたので、あっ、と悲鳴を残して、香坂の猛《たけ》りは一気に処女をつらぬいて、奥に到達していた。

「ああーっ……」

聖美は首をのけぞらせ、火のような息を吐《は》いた。

まるで、おこりでもついたように、震えている。処女とは思えない感度である。あるいは、これまでに香坂と美寧子の情交をさんざん見せられて、もう待てない、というほど全身の期待が高まっていたのかもしれない。

香坂はゆっくりと、腰を使いはじめた。

（若龍山め、いい女を手に入れたな）

と、半ば嫉妬《やきもち》をやきながら、それから香坂は陶然《とうぜん》と乱れきる西塔寺聖美を上に騎《の》せて、思う存分、初夜権を行使しながら、美貌《びぼう》処女の秘肉を突きまくった。

西塔寺聖美と若龍山の結婚式は、その年の三月下旬、赤坂《あかさか》のホテル・ニューオータニで行なわれた。テレビのライトに照らしだされた眩《まぶ》しいヒナ壇で、巨漢力士の若龍山と並んで、にこやかに笑っている聖美の倖《しあわ》せそうな顔をテレビで見ながら、今夜、聖美は自分が教えたとおりに、上手に女上位を成功させるに違いない、と香坂秀一郎は満足気に思った。

第二章　官能的な事業

1

飾り窓の女が、気になっていた。

「あ、ちょっと……失礼……」

明るい光の射し込むショールームの中央の円型テーブルの上に拡げられていた、自動車のカタログをぱたんと閉じて、香坂秀一郎は宣伝部の連中が呆気《あっけ》にとられた顔をするのを尻目《しりめ》に、勢いよくドアをあけて、表の舗道に飛びだしていた。

「もしもし……お嬢さん……」

銀座《ぎんざ》の表通りに面した、その自動車会社のショーウインドを外から覗《のぞ》いているきれいなOLふうの娘に、香坂は声をかけたのであった。

「ねえ……もしもし、お嬢さん」

「はア……？　私ですか？」

つやのある黒い髪を背に振り流し、前屈みにウインドのなかを覗きこんでいた女は、やっと自分が呼ばれたと気づいて、背をのばして顔をあげた。

「おたく、どこかでお会いしましたね。ええーっと、どこでしたっけ？」

女は自分のすぐ傍に立っているずんぐりした背格好の、あまりハンサムとも思えない中年男を、不思議そうな瞳《ひとみ》で見つめた。

別段、冷ややかな瞳というわけではないが、さりとて、これという興味を惹《ひ》く感情が動いているわけでもなかった。

「私は記憶にございませんが」

「あなたには記憶がなくても、ぼくには記憶がある。たしかに、どこかで会っている。ええーっと、どこで会ったんだったかなあ」

「私がどこかでおじさんと会ったとしても、それがどうかなさいまして？」

女は怪訝《けげん》そうな瞳で、まっすぐ見つめている。

「いや、それがどうかしたってわけではないんです。あなたはとても素晴《すば》らしいお嬢さんだ。どうです、モデルになりませんか」

たたみかけるようにそう言って、香坂は胸ポケットから急いで名刺入れを取りだし、その中から一枚、抜きとって女に差しだした。

女は、予想された反応を示した。軽く名刺を一瞥《いちべつ》してから、くすん、と笑いを噛《か》みころし、おかしそうな表情をして香坂のほうに顔を戻した。

「おじさんって、面白いのねえ。女をナンパするにしても、もう少しましなやり方はないのかしら」

乃木坂モデルクラブ社長という肩書が、名刺には刷られている。

「いや……ましなやり方と言っても、お嬢さん……ぼくは本当に名刺の通りの人間なんだ。今、そこの窓ガラス越しにひと目見た時、あっ、いい女だ、どこかで見た女だ、使える、とあなたのこと、そう思って飛びだしてきたんですよ」

香坂が指さしたショールームの中で、円型テーブルに顔を寄せあっていた三人の宣伝マンが、外の香坂と女のやりとりを面白そうに眺めて、指でVサインをだしたりして、やれやれーっ、がんばれーっ、というふうに冷やかしている。

そのショールーム内の反応をみて、女は少し香坂に対する認識を改めたようであった。

「あの方たちは？」

ちらっと、興味深そうに訊《き》いた。

「帝産《ていさん》自動車販売の宣伝部の連中です。今、幕張《まくはり》で来月開くモーターショーの打ち合わせをしているところですがね。ぼくのプロダクションから、七人ばかりコンパニオンを派遣しなければならない。どうです、お嬢さん、モデルになって、レオタードを着て、レースクインにでもなってみませんか?」

香坂の押しの一手に、女は少し軟化したが、それは香坂をどうやら、本物のモデルクラブの主宰者と認識した程度のことである。

女は腕時計に眼を落とした。

「でも私、あまり時間がないんです。またの機会にして下さい」

ぺこりっと軽くお辞儀をして、女はもうそのまま回れ右をし、舗道を新橋《しんばし》のほうにむかって歩きだしていた。

その後ろ姿を眺めながら、ほんの一瞬、腕時計を覗いた時の、女の横顔を思いだした瞬間、香坂はその女と以前、どこで出会ったかを思いだしたのである。

香坂は、一気に駆けだしていた。女のすぐ後ろまで追いついた。そうして女に聞こえるように、大きな声をあげていた。

「お嬢さーんッ……思いだしたぞォ……城崎《きのさき》だあッ、玄武洞《げんぶどう》だあッ……あなたはたしか、赤いコートを着て職場の上司と歩いていた……ねえ、そうでしょう?」

女はぎょっとして、立ち止まり、振りむいた。

2

「城崎温泉のこと、大通りであんなに大声で叫ばれたので、わたしびっくりしちゃったわ。おじさんって、脅迫するのが上手だわねえ」

「ぼくは別に、脅迫した覚えはないよ。それに、おじさんというのは、よしてくれないか。ぼくはこれでもまだ、三十四歳だから、青年社長のつもりでいる」

「あら、それは失礼しました。じゃ、香坂さんと呼ばせていただくわ。それにしてもあなたがあの時、一緒のバスだったなんて。有美子《ゆみこ》、まだ信じられないわ」

「あなたが信じようと信じまいと、本当なんです。玄武洞で撮った写真、持ってるとおっしゃったでしょう。どれ、ここにだしてごらんなさいよ」

「これですかあ」

女は卓の上に置いたハンドバッグから、一枚のキャビネ型の写真を取りだした。それは観光バス一台分の人間が四列に勢揃《せいぞろ》いして、玄武洞を背景に記念撮影している観光地の写真であった。

「ほら、ここにあなたがいる。そうして、ぼくはそっちの端だ。ね、見えるでしょう」

香坂は、写真の端っこを指さした。

女は、その写真と今、眼の前に座っている香坂の顔とを交互に見比べ、はじけるような声をあげた。

「あらあ、ホントだ。一緒に写ってるわ」

「ねえ、本当でしょ。ぼくは一度みた女性は、どんなに時間がたっても忘れないんです。特にあなたのような美人の場合は、ね」

「それにしても、奇遇ですわねえ」

「ええ、奇遇ですね。それだけじゃあない。ぼくたち、赤い糸で結ばれているのかもしれませんよ」

香坂は思わせぶりにそう言って、テーブルの上のコーヒー茶碗《ぢやわん》をかきまわした。

自動車のショールームの前から、三十分後である。二人は、銀座の表通りに面した資生堂《しせいどう》パーラーの窓際の席で、むかいあっていた。

(もうこうなれば、しめしめだ……)

あとはじっくり、おれの蜘蛛《くも》の巣の中に、この美女を取り込んでゆきつつ裸にしてやる、と香坂は舌なめずりしている。

香坂が、この女——望月《もちづき》有美子と以前、出会ったことがあるのは、事実である。

まだ半年にはなっていない。去年の十一月、香坂は乃木坂モデルクラブで制作することになったVシネマのロケハンのため、天《あま》の橋立《はしだて》や浦島伝説のある奥丹後《おくたんご》地方と山陰、城崎温泉方面を二、三日、一人旅したのである。

文字通り、冬の日本海を見る男の一人旅であった。ロケハンというのは、撮影する場所や物語の中に取り込む風景や舞台を眼で見てロケーション・ハンティングすることである。いわば、予《あらかじ》め想定しておいた土地をぶらっと見て回って、視覚に入れてくればよかった。本当のロケや撮影隊の送り込みは、脚本やキャスティングが決まったあとでよい。

このようなロケハンの場合、香坂は安直にタクシーを雇ったり、レンタカーを使ったりはしない。現地では、出来るだけ地元のバス会社が運行している半日単位程度の、「拠点観光地めぐり定期バス」というのに飛び乗ることにしている。

なぜなら、それだと地元のバス会社だけに、ほとんどの見るべき場所を網羅していて、ガイドの説明も聞ける上、短時間で合理的に、その地域のすべてを見て回ることが出来る。その上、タクシーや乗用車、レンタカーなどだと、運転席や客席が低いので、丹後半島のような海岸美そのものがポイントになる地帯を回る時は、路肩の高い防波堤などに仕切られて、肝心の海がほとんど見えない場合がある。その点、バスの客席のほうがはるかに座高が高く、従って人間の眼の位置が高いので、広々と展望が利き、視界が広くなって決定的に有利である。

そんなわけで、香坂秀一郎は、その時も地元の定期観光バスを使ったのである。今、眼の前にいる女、望月有美子と出会ったのは、「城崎・出石《いずし》半日コース」のバスツアーの中であった。

そのツアーは、朝九時に城崎温泉を出て、円山川《まるやまがわ》の渡しを船で渡って、玄武洞を見学し、城下町の出石を回って、但馬《たじま》の小京都といわれる出石の古い城下町を散策したあと、また城崎に戻るという、半日コースのツアーであった。

ほとんど、城崎で乗り込んできた温泉客で満杯だった。若いアベックもいたし、夫婦連れもいたし、職場グループらしい団体客もいた。

その中に一人、抜群に目を惹《ひ》く女がいた。赤いコートを着ていて、スタイルがよかった。目鼻立ちも整っていて透明感があり、長い豊富な黒髪をポニーテールにしていたので、すっきりした襟足《えりあし》がいっそう冴《さ》え冴《ざ》えとして、ひと目で大都会から来た洗練された女の子、という印象が強かった。

まだ二十二、三歳かという若さもある。時折小雨のぱらつく玄武洞周辺の紅葉が盛りの山肌に、その赤いレインコートがよく映えていた。ふつうならすぐに声をかけるはずの香坂が、声をかけなかったのは、残念ながら、その女には連れの男がいたからである。

男は、女よりずっと年上の中年男だった。若くみても、三十四、五歳のサラリーマンふうの男である。年齢は違っていても、二人は城崎という有名な温泉場を訪れているのである。不倫の匂《にお》いがあった。美人OLと上司の男か。畜生ッ、うまいことやってやがる、と一人旅の香坂は、その男に激しいジェラシーを覚えたものである。

城崎に戻っても、何度かその二人を見た。城崎温泉は旅館内の温泉のほかに、共同浴場の外湯があり、むしろそのほうが有名であった。

宿泊者たちは夕食後、タオルをぶらさげて、「一の湯」「藤の湯」「鷹の湯」など、名のある五つの温泉をめぐるのを楽しみにしている。香坂が一人でめぐっている時、温泉街の通りを旅館の浴衣《ゆかた》に丹前を着て仲良く腕を組んで外湯めぐりをしている昼間のあのアベックを、何度も見かけたのである。

「チキショーッ、あいつら、宿に戻ったら抱き狂うんだろうなあ。あんないい女を抱く男は、いったい、どこのどいつなんだッ！」

――香坂は心中秘《ひそ》かに、嫉妬《しっと》の思いに胸を熱くしたことを覚えている。

それで、望月有美子は忘れられない女となっていたのである。

資生堂パーラーの外のガス灯に、早くも夕暮れの灯《ひ》がはいりはじめていた。銀座の表通りを流れる人波を眺めつつ、ほんの一瞬、旅先の回想に耽《ふけ》っていた香坂は、残りのコーヒーをぐっと飲み干すと、望月有美子の眩《まぶ》しい胸の膨らみのほうに眼を戻し、

「あの時の連れの男性、きみの恋人だったのかい」

そう訊《き》いてみた。

「ううん、恋人というわけじゃなかったのよ」

有美子は、控え目な声で否定した。

「だって、男女で温泉旅行してたんだろう。枕元《まくらもと》がティッシュで埋まるくらい、濡《ぬ》れまくったんだろう。恋人じゃないのなら、やはり……ぼくの予想通り、不倫愛だったのかい？」

「ええ」

と有美子は、小さく頷《うなず》いた。「あの人には妻子がいます。実るおつきあいじゃなかったんです」

「なるほど、それで先刻はびっくりして振りむいたんだね。人眼を忍ぶ不倫旅行だったってわけだね」

「いえ、感傷旅行でした。私たち、別れるために、最後の旅行をしてたんです」

「ほほう、言うねえ。別れるための感傷旅行か」

望月有美子によると、あの連れの男は職場の上司で営業第一課長だという。二人はオフィスラブの仲だった。有美子の会社は、丸の内《まるのうち》の商社である。男は昨年十一月の人事で、急にアフリカのヨハネスブルグに単身赴任することになった。原因は、社内のＯＬ望月有美子との職場の不倫がばれて、地球の裏側に飛ばされたと観測されている。

それで、ヨハネスブルグに赴任する前に、最後の別れのひとときを惜しんで、豊岡《とよおか》の郷里に用事がある、という男に呼びだされて、城崎温泉で三日三晩の情事の夜をすごした、というのであった。

「へえー、それじゃ、ますます枕元はぐっしょり濡れたティッシュの花盛りとなったわけだ」

「やめて下さい。そんな言い方――」

「しかし、そうだろう。心中する前の男女って、激しいというから」

「私たち、心中なんかしに行ったんじゃありません」

「別れ話も、心中も似たようなものさ。どうせ別れるのなら、もう一発、やらせろ――と、たいていの未練男は、執《しつ》っこいからなあ」

「やめて下さい、そんな下品な言い方――」

「あ、ごめんごめん。そうそう、それよりきみ、モデルに転身する気、ないかね。不倫の男と別れたんなら、ちょうどいい機会じゃないか。心機一転、再出発したら、どうだね？」

「モデルですかあ……私にそんなの、出来るかしら」

望月有美子は、夢見るような顔をした。

「出来るよ、絶対に」

「本当言うとね、私いま、会社に居づらいの。男はアフリカの果てに飛ばされているのに、女だけ咎《とが》めなし、では不平等ではないかって……職場の人たちに私、白い眼で見られているようで、居づらくって、転職しようかなあって、考えているところなの」

「ほほう。それじゃ、ますますのチャンスだ。転職するなら、ぜひ、うちにいらっしゃい」

「でも、乃木坂モデルクラブって、どういうことをなさっているんですか？」

有美子はやっと、興味深そうに訊いた。

女が、眼を輝かせてきたら、もうしめたものである。香坂はそらきた、と手応《てごた》えを感じ、

「きみ、お酒は？」

「少しなら、飲めます」

「じゃ、食事にゆこう。ゆっくり飲みながら、うちのプロダクションのシステムや仕事内容を説明するよ」

3

乃木坂モデルクラブの営業は、複雑多岐である。ひとくちにモデルといっても、世の中にはさまざまな職種や仕事や、企業タイプがあるから、それに応じて、さまざまなモデルの需要がある。

香坂のところでは今のところ、まずお上品なところでは、ファッションモデルを扱っている。

二つ目は、ヌードモデルである。雑誌のグラビア撮影などに貸したり、ヌード撮影会などに貸したりするモデルである。

そうして三つ目のビジネスは、自らヌード撮影会のツアーを組むことである。今や国内だけではなく、海外ツアーまで組んでいる。

のみならず四つ目は、自分のところでVシネマを作ったり、あるいはAVプロダクションや放送局や映画会社に「女優」として貸しだしたりすることである。また、ブティックの開店やスーパーのオープンなどのイベント、自動車ショーなど、各種企業のイベントにもモデルやコンパニオンを派遣している。

「ま、大ざっぱに言うと、そういうところだがね。きみなら容貌《ようぼう》、スタイル、センスとも抜群だから、何だって出来る。何なら支度金もだすからさあ、やってみないか」

——一時間後、香坂はもう望月有美子を近くのビル内料亭に連れ込み、艶々《つやつや》と磨きぬかれた黒御影石のカウンターに並んで座って肩を接しあい、ビールから入ってワインを注《つ》ぎながら、熱心に口説きはじめている。

「ファッションショーや自動車ショー以外は、みんな脱ぐんですか？」

「まあ、そうだね。脱いだほうが、稼ぎになるよ。きみ、お金は欲しくないかね」

「そりゃ、欲しいです。彼がアフリカに赴任しちゃってから、私、スポンサーがいなくなってローンの支払いも滞《とどこお》ってるんです。先刻も、あんな新車買いたいなあ、と思っても買えないから、ウインドショッピングしていたのよ」

「新車か。二百万円だな。じゃあ、脱ぎなさい。半年で五百万円ぐらい、すぐに稼がせてあげる」

「ええーっ……？　半年で五百万円……？」

「ああ、そうだよ。そんなの。軽い。Ｖシネマを二、三本こなすと、軽くそれ以上になる。もっとも、ビデオがいやなら、別の手もあるがね」

「私、脱ぎます。オーディション受けなくていいんですか？」

望月有美子は、予想以上の大乗気である。

「オーディションか。もちろん、やるよ。どうだね、今夜、ぼくのオーディション、受けてみないか」

香坂は、カウンターの下の膝《ひざ》の上の手を握り、有美子のさらさらした髪の中に隠れた耳朶に口を寄せた。

「ぼくに委《まか》せてくれると、悪くはしないよ」

香坂秀一郎は、自分のプロダクションの専属モデルを採用する時、オーディションをやる。

そのオーディションには、スタジオでの容姿、歩き方、演技力、感情表現の上手下手など、外見的な基準はもとより、脱いだ時の裸体のプロポーションを見ることが一番、大きな基準となっている。

それだけではない。香坂は志願女性をオーディションする時、寝ることもまた採用基準のポイントにしている。

香坂が女性とベッドを共にすることは、彼自身が好きものだということ以外に、商品を知るためにも、これは必要なことなのである。

乃木坂モデルクラブが各種イベントやヌード撮影会に送りだす際、モデルにはわがままを言わずにある程度、主宰者の言いなりになってもらう必要もあるし、やや難しくいえば支配力、拘束力を強める必要もある。

もう一つは、各企業の宣伝部に売り込み、各種イベントや、ＣＦ撮りなどに派遣するうち、企業のトップのなかには、おい、どうかね、あの子……と言いだす重役もいる。

「おい、どうかね。あの子、話をつけてくれないかね」

と、いうわけである。

いわば、一夜妻や、半年単位くらいの契約愛人にしたいという打診が多い。その際、その子の女性としての肉体的特徴や機能や魅力を知悉《ちしつ》しておくことは、高い値段を吹っかけるためにも取引するためにも、必要なことなのである。

香坂は、自分で都合のいいように、そういう具合に考えている。

「ね、いいだろう。今夜、オーディションをやろうよ」

香坂はもう一度、有美子の耳朶に口を寄せて囁《ささや》いた。

「今夜ですかあ？」

有美子はほんのりワインに酔った顔を、桜色に染めて、すっかりほどけきった声で言う。

「ああ、そうだよ。今夜だ。善は急げ、というじゃないか」

「オーディションって……あのう……脱ぐんですか？」

「そうだよ。ぼくの前で脱ぐ。その意味、わかるね？」

香坂は、膝の上の手をぐっと握りしめた。

望月有美子は、はにかむような笑みを浮かべて俯《うつむ》いたまま、小さく頷《うなず》いてみせた。

4

堕《お》ちるだろう、という予感はあった。

望月有美子は不倫の女だったたし、その相手の男がアフリカの果てに飛ばされて今、心に淋《さび》しさを抱えているはずだからである。

女を堕とすには、その女が平常心でない時、落ち込んでいる時、悩みを抱えている時、空家が長くつづいている時を狙《ねら》え、というのが香坂の女性哲学である。

そうして狙った女を堕とすには、電光石火の素早い行動も必要である。せっかく女が酒や話に酔ってとろんとして判断放棄の状態にあるのに、ぐずぐずして行動を後日にのばしたりすると、女に考える余地を与え、冷静になられて大魚を逃がすことになる。

それやこれやで、銀座のビル内料亭で食事を終えた直後には、香坂はもう有美子をつれて、タクシーに乗っていた。

行先は渋谷《しぶや》の円山町と告げている。

香坂はタクシーの中で、有美子の手を握り直した。

一瞬、硬くなったが、手はじきに委《ゆだ》ねられ、握り直してきた。しばらくすると望月有美子の掌《てのひら》が、汗ばんで濡《ぬ》れてくるのを感じて、好きそうだな、と香坂は何となく安心した。

掌は汗腺《かんせん》が多い。汗腺を束《たば》ねて司《つかさど》る神経の源は、大脳皮質である。性欲もまた大脳皮質が司っているので、密接な相関関係がある。むかしから、乾いた手や肌の持主より、しっとりした肌や掌の持主は、情感が豊かで好きもの、といわれるのはそのせいである。

試みに、香坂は有美子の手を摑《つか》んで、自分の下腹部に誘導した。有美子は体を傾けて香坂にもたれかかり、私、酔ったみたいだわ……と、言い訳のようにそう言って、香坂の肩に頭をもたせてくる。

香坂は、ズボンの上から硬いものを触らせる。有美子は逆らわなかった。そこへ手を置いたままである。大きな溜息《ためいき》をついて、眠ったように眼を閉じている。

香坂は、有美子の仕草の情感にそそられて、ズボンのファスナーを引いた。勢いをみせた硬直を取りだした。その作業に気づかぬふうに、有美子はじっとしている。

香坂は、有美子の手に男性自身を持ってゆき、白鮎《しろあゆ》のようにしなやかな指にそれをあずける。

最初だけ、びくりとかすかに有美子の体が反応した。でも有美子は眠ったふりをして、逃げなかった。しずかに男性を手に収めている。香坂の野性と欲望の手ざわりを、たしかめているようであった。

（やはり、不倫の女は違うな。少しも、男を懼《おそ》れてはいない――）


タクシーは円山町に着いた。

香坂は、有美子を小脇《こわき》に抱いて、わりと広くて落着いたシティ・リゾートホテルの玄関をくぐった。

客室にむかうエレベーターの中で、香坂は俯《うつむ》いている有美子の肩に両手をかけて、自分のほうに引き寄せた。

有美子の桃色に光る唇に、軽く自分の唇を被《かぶ》せる。

「口紅がついちゃう」

香坂に唇を許したあと、有美子は二人だけのエレベーターの中で、顔を香坂の胸に押しこくり、くすん、と忍び笑いを洩《も》らした。

「ねえ、正直におっしゃって、私の大胆さに驚いたでしょう」

「こうやって、ホテルインしたことかね」

「ううん。タクシーの中よ。あんなことされたの、有美子、初めてよ。心臓が止まりそうだったわ」

「ぼくの気持ちを伝えるためには、あれが一番だと思ってね。上手にしごいてくれたので、ぼくは驚いたし、感激したよ」

「しごいたなんて……うそよっ……いやだわ……私は、じっと握っていただけよ」

「そうそう、その……じっと握っていた、というのが、とてもそそったね。一度だけ、しごかれたような気がしたが、あれはタクシーが揺れたはずみだったのかな」

「もう、やめて」

有美子が羞恥《しゅうち》にまみれた声をあげた時、エレベーターは四階に着いた。

静かな通路を歩いて、部屋にはいる。

ダブルの部屋に落着き、香坂は脱いだ上着をクロゼットにしまいながら、

「シャワーを使ってきたらいい」

鏡の前に立っている有美子に声をかけてやる。

「はあい」

わりと明るい返事だけはしたが、歩きだそうとした有美子は、足がもつれたように椅子《いす》に手をつき、それから傍《かたわ》らのソファにすとんと座った。

座って片手だけ動かして、テーブルにバッグを置く。急に酔いがまわってきたのかもしれ

ない。両手で顔を覆《おお》って、肘掛《ひじか》けにもたれる。顔から手を放すと、おどろいたような顔で、室内を見回した。

なぜ、自分が男とこんな場所にはいってきたのか、よくわからない、という表情を浮かべている。

銀座のショールームの前で、香坂に声をかけられてからの何もかもが、自分にはまるで、信じられない出来事の連続だったので、有美子には、その軽い酔いと刺激と浮遊感のはざまで、時々、あたし、どうしたのかしら、という意識がたち戻ってくるようであった。

香坂は有美子の、そういう姿さえも楽しみながら、いまにもっと破廉恥な女の部分、牝《めす》そのものの部分をむきだしにしてやるからな、とそれを楽しみにして、さっさと衣服を脱ぎ、バスルームにはいった。

香坂がシャワーを浴びていると、有美子が更衣室の鏡の前で脱いでいるのがみえた。

やがて、ガラスの仕切りがあき、

「オーディション、ここでなさるの？」

意外と、心憎いことをきいた。

「あ、いいね、それって。ここでやろう、オーディション。さあ、おいで」

香坂は、シャワーのノズルを止めて、有美子のほうを振りむいた。

望月有美子は、ドアをあけて入ってくると、そこに全裸の自然体で立った。みごとに均整のとれた裸身だった。服を着ている時より、長身にみえた。背のわりに脚がすらりと長いからだろう。

　モデルクラブで、これは使える、という要件を、望月有美子の裸体は、すべて充《み》たしているようであった。

　下腹部の草むらも、濃いわりには狭かった。すべすべする左右の太腿に、草むらが圧迫されて固詰まりに盛りあがっている。

　情感をこめて、香坂は有美子を抱きしめた。首や肩に唇を這《は》わせはじめる。そうして豊かに張っている乳房の膨らみへと唇を降ろしてゆく。

　片方の乳房をみっしりと揉《も》みながら、野苺《のいちご》のように色づき膨らんだ片方の乳首を口に含んで吸いたてると、有美子は、ああ、ああ、と呼吸をみだしはじめ、送り込まれてくる快感に身体をゆだねて半眼を閉じて、いまやもう、幸福そのものの表情を浮かべている。

「オーディションは、ひとまず合格だよ。さ、風呂《ふろ》に入ろう。きみを、抱きあげてみるからね」

　香坂は、有美子の裸身を不意に、さらうように横抱きにして、抱えあげてみた。

「いやあ、困るわあ。私の重いのが、ばれちゃう」

　悲鳴をあげながらも、有美子は面白そうに香坂の首に両腕を巻きつけてくる。

　見た目にはスレンダーでも、人間の体重はたしかに重い。香坂は調子にのって、洋画の名場面のひとこまのように、美女を抱えあげてはみたが、そのまま、湯舟のふちを越えて一緒に湯の中に入れるのかどうか、ちょっと心配になってきた。

香坂は、サムソンやヘラクレスのように怪力無双ではないし、往年の名優クラーク・ゲーブルのように、女を横抱きにすることに慣れてもいなかった。

歯をくいしばって、バスタブの縁をまたぐ。そのホテルの風呂は、ローマ風呂のように、わりと広々としていて、縁もそう高くはないので、助かった。

湯舟にはまだ三分の一しか、湯はたまっていない。横抱きにしたまま、湯の中に入った。ゆっくりとしゃがんだ。有美子の体があおむけに湯舟に浮かんだ。下腹部の草むらが、ちょうど香坂の顔の真下にくる。

香坂は、有美子の裸体を舟のように両膝《りようひざ》に横に抱きかかえたまま、草むらの上に顔をふせた。濡《ぬ》れた草むらの感触を、鼻と唇でしばらく楽しんだ。

「わぁ、だめよう。有美子、息ができなくなる」

やがて、有美子が息ができなくなる、と訴えたのは、秘所に接吻《せつぷん》を受けて息が詰まったこともあるが、それより、蛇口から出しっ放しにしていたバスタブの湯が、ひたひたとふえてきて、横抱きにされたままの有美子の顔のあたりに水面が来ていたからである。

香坂は、有美子を立たせた。そうして、向かい合って、湯舟の底に腰をおろさせた。二人ともヒップを底につけて、脚をのばしあうと、ちょうど、対面座位でこれからまさに繋《つな》ごうというスタイルになる。

「ずいぶん、破廉恥なことをしてるわ。私たち」

「ハレンチなことは、嫌いかね」

「好きよ、大好き――」

向かい合って、互い違いに脚を交差させてはいても、繋ぎはしない。香坂は乳房に触った。

苺をつまみ、掌のなかに包む。有美子の片手を掴《つか》み、自分の股間に誘導もした。

香坂のものは、先刻、有美子の裸体をみた瞬間から、みなぎり立っている。

湯の中で仰角のしなりを打っていた。

有美子の指が、その形状を捉《とら》える。からみつき、握りしめて、香坂にむかって眩《まぶ》しそうな微笑をむける。

「すごいわ。立派というのかしら……立ちっ放し」

うふっ、と笑った。

「そうかね、凄《すご》いかね」

香坂は言いながら、有美子の左右の太腿をぐいっと開けさせ、下腹部へ手を滑り込ませた。

かすかに有美子は、声をあげた。さわられるがままになっている。

香坂の手は、奥へ到着していた。茂みの下の、柔らかな花びらを指でおし分ける。湯よりも濃い、あたたかい液が、そこにあふれていた。

「おい、どうしたんだね。望月君も、試験官のおれを欲しがっているみたいじゃないか」

「欲しがってなんかいません」

「でも、濡れてるよ、ここ。ほらほら」

「だって、香坂さんの、立ちっ放しだもの。有美子だってそれをみると濡れるの、あたりまえでしょ」

「それが、欲しがってるという証拠じゃないか。ここは雄弁に物語っているからね、ほらほら」

香坂は指を動かしている。複雑な二枚の花びらの間をさぐり、上べりの肉の塔に触り、そうしてぬめらかな秘孔《ひこう》に、指を滑り込ませたりする。

「ああン……」

と甘美な声が弾けて、有美子は眼を閉じたまま、頭を反《そ》らせる。

香坂の男性が、快感に包まれた。お返しに有美子が優しい手に包んで男性を愛撫《あいぶ》しはじめたのであった。

香坂のものは、ますます硬くなって、熱い鉄棒になっていた。

「ああ……やけどしそう。どうしてこんなに硬くて、ふといの」

「きみのだって、こりこりしはじめたぞ」

香坂は指で、有美子の敏感な真珠を捉えた。こまかく刺激をあたえる。転がすようにする。

有美子は、声をあげた。頭を支えきれなくなって、香坂の肩へ頭をあずけてきた。美人の股間のぬらつく秘唇の上べりにひそむ真珠は、今やもう尖《とが》りたちを強めて、こりこりと固くなっている。指先でリズミカルに押し転がしつづけるうち、あっ、あっと有美子の声がとぎれはじめる。

有美子はもう、悶《もだ》えはじめていた。やがて、香坂の男性から手が離れた。いくう、と有美子は苦しそうに告白した。

香坂は、まだ真珠への刺激をつづけている。有美子は激しく抱きついてきた。突然しゃくりあげるような声を洩らしながら、ぐったりとなった。

お嬢さんっぽい初々しさを残す不倫の女、望月有美子は、香坂の指戯だけでもう、軽く最初のきらめきのハードルを越えたようであった。

5

香坂は、先に寝室にはいった。

枕元《まくらもと》の明かりを適度に絞り、煙草を吸っていると、バスタオルに体を包んで、有美子があがってきた。

「わたしの顔を見ないで、お風呂で、あんなことされてイってしまうなんて、有美子、恥ずかしくって死にそう」

香坂は、その女体を受けとめ、押し伏せる。

唇から入り直す。むさぼり合うような接吻をしながら、香坂は有美子が体に巻いているバスタオルを取り払った。

ミルクを練り固めたような白い裸身は、湯上がりのため、うっすらと汗と湿り気を帯びていて、なまめかしい。

「これまで何人ぐらい、男を知っている？」

「それも試験官の、質問ですか」

「そう思いたまえ」

「わたし……そんなにたくさんは知りません。三、四人ぐらいかな」

「一番長かったのは、城崎の男か」

「ええ。……私にセックスの歓《よろこ》びを教えてくれたのは、あの人なんです。それで病みつきになっちゃったの」

「最近、いつセックスした？」

「してません。……城崎いらい、ずっと……」

「本当かね」

それは少し、意外であった。

「本当です。あの人、アフリカまで配置転換されたんだもの。可哀相《かわいそう》で可哀相で」

ざまあみやがれ、という思いが、ちらっと城崎の男に対して湧《わ》いた。

しかし一方では、サラリーマンは大変だなあ、という男同士としての同情もある。

有美子は今夜まで、その上司の男に操《みさお》をたてていたようである。

そのためかどうか、乳房が重たげである。香坂は重たげに揺らぐ有美子の乳房を掴み、乳首を口に含んでやる。

有美子は身をよじり、

「あん……」

鼻にかかった声をあげた。

有美子は、いかにも感じやすいといった喘《あえ》ぎを洩《も》らし、上体をくねらせながら、香坂の手首を掴んできた。

その手首をせわしげに、恥毛の奥へと誘う。有美子の風呂上がりの湿った恥毛の下で、秘部は先刻よりもぬめりを濃くして、びらつきが外側に飛びだしていた。

貝の剝《む》き身のような、そのびらつきのめくれてはみだした部分を指でつまんで、二指ですべらせたり、からかうように引っ張ってやったりする。

「いやあん」

悲鳴に似た甘え声を有美子はたてて、腰をよじりながら、

「ちゃんと……なさって」

香坂に抱きついてくる。

両腕で香坂の体に取りすがりながら、両の脚を開く有美子のはみだした二枚のびらつきの狭間《はざま》を、香坂はえぐるように擦《こす》りたててやった。

「あん……感じちゃう」

有美子は乱れた声になり、腰を弾ませて華やかな喘ぎをあげる。白い裸身の背中が弓のように反り返り、香坂が指を使う狭間に、うるみの濃い粘つきがひろがる。

香坂の指が再び、上べりの女の塔を捉えた。小豆《あずき》ほどの敏感な突起が膨らみきって、屹立《きつりつ》していた。

「あん、そのむくれたところ、感じちゃう」

有美子は腰をよじり、下品な痴語を吐いた。

「敏感なんだねえ。きみの、このむくれたおさねは」

「だって、いやらしいんだもの、香坂さんの指の使いかたって」

「城崎の男とやった時も、こんなふうにむくれさせて、ずるずるに濡《ぬ》らしてたんだろう、

ん？」

「いやん……ずるずるだなんて、言わないで」

「だって、ほら、ずるずるしてるぞ」

香坂は女の塔を転がしていた指を下にずらして、溶けきった口をひらいた下べりの膣口から指先をすべりこませた。

「あーっ」

有美子のスレンダーな上体が、突然、反った。

指を抜き差しさせる。有美子は入口近くの膣括約筋《かつやくきん》を収縮させる。

「いやーん、いきそう……もう、香坂さんをちょうだーい、欲しいっ」

香坂はそろそろ、有美子の中心部に埋め込むことにした。

香坂は、有美子の足元に体を移し、彼女の一方の脚を持ち上げ、思いっきり乳房のほうへ折りまげておいて、仰角にみなぎり勃《た》ったものを、待ちわびた女の火口にあてがい、ぐいと突き埋ずめた。

「ああんっ……」

有美子の上半身が、のけぞった。

香坂は、のけぞり返る有美子に覆い被《かぶ》さり、彼女と一つになった。

いや、腰を深く沈めなくても、有美子の内部の肉片が香坂にからみつき、奥へ奥へと誘い込んで蠕動《ぜんどう》する。

いわゆる蛸《たこ》の吸盤のようである。そのぬめらかな膣洞のひしめきそよぎかかる密着感に負けて、香坂は付け根まで埋ずめ込ませて、有美子の折れんばかりに後ろに反り返った長い頸《くび》を舐《な》めまわした。

有美子の両の腕が、生き物のように香坂の背に巻きついてくる。

赤いコートを着てポニーテールだった初々しい不倫の女は今、裸の肉の情欲の塊《かたま》りとなって、自ら浮かせた腰をゆさぶりまわした。

「いっちゃうよう」

くぐもった声があがる。

香坂は奥まで届いている硬直を、花埋みの中で搔《か》きまわすように動かすにつれ、女体の通路の奥に、瘤《こぶ》のようなものがせりだしてきたことに気づいた。

（意外に、開発された女だったな……）

香坂は、弓のように反る有美子の腰に両手をまわし、乳房を接吻しにいった。突き動かしながら、乳首への接吻をつづけると、有美子はたちまち到達する言葉を吐いて、舞いあがりはじめた。

性感は時に、涙腺《るいせん》を刺激する。そのせいかどうか。香坂は、よがりながら有美子の頰《ほお》から涙が流れ落ちているのを発見して、ひどく感動した。

情感の昂《たか》まりが頂点ではじけて、涙を流しているのか。それとも遠くアフリカの果てに飛ばされた男を思って泣いているのかどうかはわからなかったが、香坂は、嗚咽《おえつ》と激情と悲しみの渦の中で、いくっ、いくっと叫んで腰を使いつづける有美子の中に、牝《めす》の凄《すさ》まじさを感じつつ、フィニッシュに取りかかろうとしていた。

第三章　女取締役の欲情

1

日比谷《ひびや》の帝国《ていこく》ホテルに、意外に知られていないアナ場がある。

アナ場といっても、どぎついことや、きわどいことを期待するむきのアナ場ではない。男女の待ち合わせや軽い商談、一人でのんびりグラスを傾けながら、充実した時間をすごしたい、というオトナの空間として、雰囲気がよく、リーズナブルで、実に素晴《すば》らしいアナ場があるのだ。

一階のロビーではない。その左手の広いコーヒーラウンジでもない。中二階の迷路のように奥まったところに、旧帝国ホテルの雰囲気をそのまま残したメーン・バーがあるが、そこが香坂秀一郎にとっての、ちょっとした憩《いこ》いのアナ場である。

銀座の一流クラブのママたちでさえ、そこで待ち合わせると、「ええーっ？　近くにこんな素敵《すてき》なところがあったの？」と驚く。

ジュースもビールもあれば、ソフトドリンクも、リキュールもカクテルもある。ビール一本飲む分には、まったくそこらの喫茶店と変わらない。それでいて、バーテンダーのマナーは超一級品だし、大正時代ふうの大谷《おおや》石の彫刻壁を生かしたクラシックで、渋い雰囲気は、新しくなるばかりの東京の、どこにもない貴重な空間である。

で、乃木坂モデルクラブの社長、香坂秀一郎は、ちょっと気のきいた紳士や淑女と落ち合う時はたいてい、そこを指定することにしている。

ところが、三月初めの金曜日の午後、乃木坂モデルクラブのオフィスに電話をかけてきたその女は、モデルのことで香坂に折り入って相談があると言い、

「――明日の夕方六時、帝国ホテルのメーン・バーでお待ちします」

と、むこうからそう言ったのである。

いわば、お鉢《はち》を取られた格好であった。

相手は、名前を名のらなかった。

詳しい用件も言わなかった。ただの個人的相談なのか、それともどこかの会社とか団体とかが、イベントのためのモデルを雇いたいと言っているのか、まったくわからなかった。

（……まさか……？）

まさか、モデル志願の女が、オーディションを受けたいと申し込むのに、わざわざ帝国ホ

テルのメーン・バーを指定するはずもない。

面妖《めんよう》な気がしたが、香坂秀一郎は行くことにした。

三月の第一週の土曜日だった。香坂が正面フロントから入って階段をあがり、左手への回廊をまわってそのメーン・バーにはいると、女はもう先に来て待っていた。

時間が早いせいか、バーはまだ混んではいなかった。

カウンターに座っているのは、その女一人だけであった。

だから、目印などはいらなかったし、たとえ混んでいても、多分、目印などはいらなかったかもしれない。

それほど、女は容姿がすぐれていて、目を惹《ひ》く感じだった。

女は、気品のあるオフホワイトのセルッティのスーツを着て、スツールに座って、足を組んでいた。マティーニ・グラスを右手に軽く握って、左手は軽くカウンターに肘《ひじ》をついて頬《ほお》杖《づえ》をついている。

多少、ウェーブした長い髪が、肩に垂れた雰囲気といい、マティーニ・グラスの持ち方といい、どこか所在なげに、物憂げにカウンターに頬杖をついているその姿は、今をときめく忙しい女が、プライベートタイムにほんのいっとき、ホテルバーで憩っているという姿を、絵に描《か》いたような、なかなかイカす格好であった。

香坂はカーペットを踏んで近づきながら、はて、と胸に奇妙な記憶が甦《よみがえ》ってくるのを覚えた。

その女を、どこかで見たような気がしたのである。

すぐには、思いださなかった。

けれども、横に座ったとたん、

（あっ……！）

と、思いだした。

「……なんだ、晴美《はるみ》じゃないか。え……きみ、晴美だろう？」

お待たせしました、とも言わずに、カウンターの女の横に座って対面した途端に、そんな声を張りあげたものだから、静かな雰囲気が売りものの帝国ホテルのメーン・バーのバーテンが、びっくりしたような顔で、香坂のほうを見た。

「……しばらくね」

女は、にこっと微笑を返した。

女は、信州の高校時代の同級生、設楽《さがら》晴美であった。

「驚いたなあ。もう何年ぶりだろう。晴美って……見違えるように美しくなったじゃないか。どこかの社長秘書をしている、という話だったが、今でも勤めているのかい？」

香坂が、そう尋ねると、

「ううん。おととし結婚したのよ。今は、こういう名前よ」

晴美はバッグから名刺を出して、差しだした。

その名刺をみると、

――ニューオリエンタル観光専務取締役
椎名《しいな》　晴美
と、なっていた。

「椎名晴美か。女は結婚すると、名前が変わるからなあ。それにしても、専務取締役なんて、ずい分、出世したじゃないか。いったい、どういう会社なんだい、これ」

香坂はビールを取って、飲みはじめた。

晴美によると、ニューオリエンタル観光という会社は、日光《にっこう》と鬼怒川《きぬがわ》、塩原《しおばら》温泉、伊香保《いかほ》温泉など、栃木県と群馬県下に五つの温泉グランド・ホテルや、リゾートホテルを経営する、そこそこ大きな観光資本らしかった。

「へえー、そこの女専務か。まだ三十代前半の若さなのに、ずい分、のしあがったものじゃないか」

「結婚した、と言ったでしょう。専務、という意味、わからないの？」

「あ、なるほど。夫が社長で、妻が専務というケースが中小企業なんかによくあるけど、あの手の立場か？」

「ええ、そうなの。……わたし、はっきり言って、後妻なのよ。夫はね、もう七十をすぎた大金持ちの事業家なの。惚《ほ》れられて後妻に入って、いま、夫の片腕となって、色々、観光事業をやってるんだけどね。温泉地の大きなホテルの経営を三つも委《まか》されていて、正直言って、大変なのよ」

マティーニを飲み干しながら、椎名晴美はそんなことを説明した。

それは、そうだろう。大きな温泉グランドホテルを三つも経営する女専務なら、仕事は何かと忙しいだろうし、大変であろうことは、察しがつく。

しかし、それでも恵まれた立場であることには、変わりはない。美貌《びぼう》と容姿と才能にさえ恵まれれば、女というものは、あっという間に境遇が変わって、とんでもなく出世するものだな、と香坂はほとほと感心した。

ビールの小瓶は、すぐに空になったので、香坂はスコッチの水割りをもらった。

「で、相談って、何だい？」

香坂は本題にはいった。

事業に忙しい女取締役が、まさか高校時代の同窓生をただ懐かしがって呼びだした、というわけではあるまい。

「香坂さん、今、モデルクラブを主宰しているんですってね」

「ああ、そうだよ。妙な商売してるって、笑うなよ」

「いいえ。笑いはしないわよ。あなたこそずい分、出世したじゃない」

晴美はわりと真面目な顔をして言い、「それでね、折り入って相談があるんだけど。五人ぐらい、おたくの若いモデルさんを私のところに派遣してくれないかしら？」

そら、きた——ビジネスの話なら、いくらでも乗るよ、と香坂はやっとスツールの座り心地がよくなった。

「温泉ホテルで、何かイベントでもやるの？」

「ううん、イベントは色々やってるけど、私が欲しいと言ってるモデルは、イベントガールではないのよ。しいていえば、露天風呂《ろてんぶろ》ガール、というところかしら。三人でも五人でもいいの。若い、ピチピチギャルを、一カ月ぐらい、日当、食事つきで借り切りたいのよ」

「一カ月とはまた、長いな。観光ポスターの撮影でもやるのかい？」

「それもあるけど、私の狙《ねら》いはもっと別のところにあるのよ」

「別のところって、どんな？」

香坂が怪訝《けげん》な顔をすると、

「あのね。今、温泉ブーム、露天風呂ブームがつづいているでしょう。今のような露天風呂ブームが起きた最初のきっかけは、何だか知ってる？」

そんなことを、訊《き》く。

「さあ、知らんな。旅行雑誌やガイド誌に載ったモデル嬢の、情緒たっぷりの全裸入浴写真あたりが人気を得たのかな？」

「ええ、そう。それもあるけど、それ以上にある温泉旅館組合の仕掛けが、大きな効果を発揮したのよ」

晴美によると、とくに地名は隠すが、青森県のある温泉旅館組合が、自分たちの温泉を宣伝するために、昭和三十五、六年頃、地元の娘たちを数人、モデルとして雇い、毎晩、交代で裸で露天風呂に入らせたそうである。

湯煙の中にいつも出没して、湯を浴びている全裸美女たちが、宿泊者たちの耳をそばだたせ、その噂《うわさ》が広がって、観光客が大勢来るようになって、今の露天風呂人気につながったのだという。

ところで、椎名晴美が経営を委されている三つの温泉ホテルのうち、ひとつだけ不況で客の入りがはかばかしくないところがある。それは、鬼怒川の源流に近いところにある「新鬼怒川グランド・ホテル」という温泉ホテルである。

そこは、都市ホテルなみの大きなホテルなのに、まず立地条件が、かなり山奥にありすぎて、不便である。建ててまだ五年目なので、知名度が低い。それに周りには鬼怒川温泉、川治《じ》温泉、川俣《かわまた》温泉、女夫淵《めおとぶち》温泉など、数えあげたらきりがないほど、大小の温泉が多く、客はそちらに取られてしまう。

晴美の温泉ホテルは、奥鬼怒川温泉郷から引き湯して、鬼怒川の渓谷に建てた豪壮華麗なリゾートホテルなので、客室数が百二十近くもあり、団体客など相当、大掛かりな誘客作戦をしないと採算がとれないという。

幸い、客を呼ぶ道具立ては揃《そろ》っている。自然は豊かで、風光明媚《めいび》である。館内ではフィリピンショーもやっている。それ以上に、ホテルには混浴の内湯のほかに、川べりに大岩風呂や露天風呂をたくさん作っている。

大きな露天風呂といえば、東日本では栃木県の宝川《たからがわ》温泉、西日本では島根県の玉造《たまつくり》温泉が有名だが、晴美のところもそれに匹敵するくらいに広い。鬼怒川渓谷の岩盤をそっくりそのまま利用して、周囲半分を二抱えもある川原の大岩を並べて囲いこんだ、荒々しい大岩風呂は、一度に百人は混浴できる名物だそうである。

「一度はね、奥鬼怒の観光ポスターにものって、有名になりかかった大岩風呂なのよ。でもそれ以来、世の中、ちょっと不景気でしょ。ここらで何かどーんと、誘客プロジェクトの大攻勢をかけたいと思っているの」

2

椎名晴美はどうやら、そのホテルの誘客作戦のために、香坂のところのモデルを数人、借りたいらしいのである。

晴美の計画によると、その三人か五人のモデルは、毎日、夕方頃から一時間おきに交代で、混浴の露天風呂に入ってもらう。

もちろん、水着など着用せず、全裸である。それは団体客の宴会などが終わった後も、つづく。露天風呂の中で、もし男の客に話しかけられれば、気軽に応じ、旅行中のアンノン族か温泉好きのＯＬを装って、ここの温泉は美人になるとか、痩身《そうしん》に効くとか、縁結びの神様であるとか……色々、話の中に織り込んで宣伝する。さらにもし、男客から誘われれば、ホテル内のクラブやスナックに同行してもいいし、一緒に酒を飲んでもいい。場合によったらその夜、「自由恋愛」という名の「ベッドイン」に発展するかもしれないし、してもいい。いずれにしろ、そのすれすれの期待を男に抱かせ、「謎《なぞ》の美女たちが出没する露天風呂」という噂を広めるための仕掛けを、大々的にやりたいのだ、と晴美は言うのであった。

さすがは、女取締役である。

男なら、ころっとひっかかりそうな、うまいことを考えたものだな、と香坂は舌を巻いて、

「それじゃ、まるで出張サービスＯＫのお座敷コンパニオンや、枕《まくら》芸者と同じじゃないかね」

「そこがまるっきり違うのよ。派遣してもらうモデルは、あくまで東京から来た旅行者のキャピキャピギャル。一見、アンノン族ふうでもいいし、文学少女ふうでもいい。三人仲よしのＯＬ旅行ふうでもかまわないのよ。で、ふつうのホテルに泊まっていただき、リゾート気

分を満喫していただく。またそういうお客様――というのが、こちらの狙《ねら》いなのよ。毎晩、一時間交代で素裸で混浴露天風呂にはいっていただいているうち、そこで知りあった男と何をしようと、あとはお嬢さんたちのご自由、当方は関知しません……という方針でゆくつもりよ」

晴美は、願わくばそのモデルたちが、男と寝てくれれば、もっといい、とさえ考えているようであった。

いずれにしろ、旅の男心としたら、ころっと参りそうなプランである。

露天風呂の、湯煙の中に動く白い女体が、まさかホテル側の仕掛けであるとは、少しも気づくまい。

「ねえ、ギャラは弾むわ。旅費、食費、宿泊費はすべてこちら持ちよ。おたくのモデルクラブで二十歳前後の、温泉好きな若い娘を四、五人、選んで送ってちょうだいよ」

晴美は体をすり寄せ、香坂の太腿に片手を置いて、軽くさすったりしながら、言う。

（さて、どうするかな……？）

香坂はスコッチを舐《な》めながら、思案中である。

モデルとしては半人前だが、旅行と温泉とグルメが大好き、という手持ちの若い娘の顔が数人、思い浮かんだ。香坂が話せば、彼女たちはすぐにでも飛びついて、承知するだろうし、事務所のビジネスとしても損はしない。

しかし、香坂は腹に一物あり、で難しい顔をしながら、

「どうもねえ、一ヵ月というのが長すぎる。そんなに拘束されると、事務所としてはちょっと痛いんだよ。それにそんな山奥に今の若い娘が喜んで一ヵ月も行ってくれるかどうかも心配だな」

香坂は、煮え切らない返事をした。

「丸々一ヵ月間が長いようだったら、二人ずつ四班編成にして、一週間ずつ交代制をとってもいいわ」

「交代もいいけどねえ。第一、企業家精神としてだな、その……世の中の男を欺《あざむ》くような、そんな露天風呂トリックにうちのモデルを使いたくはないんだよなあ」

深刻ぶって、香坂がぶつぶつと煮えきらない返事をしていると、

「うふっ」

と、椎名晴美が不意に、笑った。

「何がおかしいんだい」

「あなたって、学生時代と違って、意外と交渉上手になってるわね」

「え？　交渉上手……？」

香坂は、何だとオ、という顔をして睨《にら》む。

「わかってるのよ、香坂さんの気持ち」

「おれの気持ちの、何がわかっているというんだね」

「……この際、私に対して、城跡の仕返しをしてやりたいんでしょう?」

「ほほう、晴美はまだあれを覚えていたのか。おれはもう忘れてるし、何も気にしてないよ」

「強がりを言っても、駄目よ。顔に書いてあるもの。どう、この際、はっきり言ったら、いかが? 〝晴美、抱かせろ。そうしたら、きみのビジネスに、協力してやる〟って」

「おれがそう言ったとしたら、晴美はどう答えるつもりなんだい?」

「私が今夜、なぜここに香坂さんを呼びだしたか、わかってないの?」

香坂は、正直のところ、どぎまぎした。

高校時代の憧《あこが》れのマドンナ、椎名晴美がそこまで踏み込んで考えていたとは、ありていに言って香坂は想像もしていなかったのである。

「本当かい、おい――」

今夜、おれと寝てくれるのかい……という言葉は痰《たん》にからんで出てきはしなかった。

「私だってね。世間をむこうに回して、露天風呂のトリックをやらかそうと打ち明けた以上、香坂さんと赤の他人のままでいたくないのよ。あとでばれたりしないためには、この際香坂さんをしっかり抱えこんでおきたいもの。――ね、今夜は私、このホテルにステイしてるの。すてきなダブルよ。もう少し飲んだら、上に移らない……?」

3

一時間後、二人は部屋にあがった。

部屋にあがっても、香坂はまだ夢見心地だった。

香坂が上衣を脱いで、クロゼットにかけていると、バスルームで湯を整えてきた晴美が、

「あなた、お風呂《ふろ》を使ってらっしゃって。わたしはもう済ませていますから」

晴美はどうやら、ホテルバーに降りる前に、ひととおりバスを使って入念に化粧を整えてきたらしかった。

「東京に来る時はいつもここにステイしてるの?」

「いつもってわけじゃないけど、時々ね。ニューオリエンタル観光の本社は新橋にあるので、ここ、近くて便利なのよ。私の生活ったら、月のうち一週間は東京にいるけど、あとは関東近県の三つの温泉ホテルを転々と、監督しにまわるジプシーみたいな暮らしよ」

そうすると、晴美たちの夫婦生活はいったい、どうしてるんだろう、と香坂は疑問に思ったが、余計なことは聞かないことにした。

「じゃあ、あそこを、洗ってくるからね」

香坂は、バスルームに入ってシャワーを浴び、風呂に浸《つか》った。

バスタブに首まで身を浸していても、今夜のなりゆきがまだ幾分、信じられないくらいで、香坂の夢見心地はつづいている。

何しろ、椎名晴美は高校時代の香坂の初恋の女だったし、ほとんど手の届かない高嶺《たかね》の花だったのである。

信州の、千曲《ちくま》川のほとりの上田《うえだ》市というところに、香坂たちの高校はあった。当時、設楽姓だった晴美は、成績も抜群によかったし、美人だったから、一年から三年までずっと、生徒会の副委員長をしていて、いつも人気者だった。

それに比べて、香坂は勉強はあまりしなかったし、成績は普通以下だったし、生徒会の委員など、一度もしたことがない。しかし、クラスは一緒だったので、香坂にとって晴美はいつも、マドンナのように憧れていた存在なのである。

一度だけ、抱きついてキスしようとしたことがある。

クラブ活動で下校が遅くなり、たまたま二人一緒に夕暮れの学校近くの上田城の城跡公園を通っている時だった。あたりには誰もいなかったので、花吹雪《はなふぶき》寸前の満開の桜の木の傍で、香坂が不意に肩に手をかけて抱き寄せようとした時、晴美はびくっと体を硬くして香坂を突きとばし、少し離れたところから、畳んだまま手にしていた傘を突きだした。

「だめよ。これ以上近づいたら、この傘で突き刺しちゃうから」

冗談半分とはいえ、きつい眼をして晴美は、身構えたのだった。

「ちえっ、キスもやらせてくれないのかよう。このお高く止まった石頭っ」

「石頭で悪かったわね。私は誰にでもキスさせるそこらの尻軽女じゃないわ。さあ、もっと離れてちょうだい！」

晴美は最後まで、一分の隙《すき》も見せはしなかったのだった。

――あの時のことは、男の屈辱感まじりで、香坂は覚えていたが、晴美はもうとっくに忘れていると思っていた。

ところが、晴美は忘れてはいなかったばかりか、結婚して亭主がある身になったというのに、今夜はキスどころか、女のほうからベッドに誘ったのであった。

香坂としては、興奮するのも無理はない。

バスタブの中で、香坂のものはいきり立っていた。

（これだから人生は、やめられないな……）

香坂としたら今夜は、学生時代はできる子だった晴美をとことん、卑猥《ひわい》な女にして楽しむつもりだった。

香坂が、腰にバスタオルを巻きつけて、風呂からあがると、晴美が化粧室の鏡の前で、イヤリングをはずしていた。すでにスーツを脱いで、ガウンに着替えている。

香坂はその後ろに立ち、長い髪を片手で掻《か》き分けて白い首すじを露《あら》わにすると、そこに不意にキスをした。

「ああ～ん……不意討ちなどしないで」

晴美はくすぐったそうに、首すじをすくめた。

「香坂さん、卑怯《ひきよう》よ。傘を突きだされないよう、今度は後ろからやるなんて」

香坂は後ろから抱いたまま、ガウンの打ち合わせの隙間から、胸のほうに手をすべり込ませ、そこにたっぷりと揺れている乳房を不意に掌《てのひら》に押し包んだ。

晴美はガウンの下にブラジャーなどはしていなかった。

その感触が、香坂をひどく激昂《げつこう》させ、右の掌に包んだ乳房のたわみをゆっくりと揉みたて、捏《こ》ねたてながら、傍ら、ネッキングを見舞いつづける。

「ああん……やめてったら……お乳、感じるの」

晴美は首をのけぞらせて、息を荒らげている。

「高校時代、きみはおれのひとつ前の席に座ってたこと覚えてるかい。おれはね、きみの襟足を見ながら、いつも首すじにキスをしたいな、と憧れつづけ、マスターベーションをしてたんだよ」

「へええ、マスかいてたのぉ。可哀相《かわいそう》……言ってくれればよかったのにぃ」

「言ってもまた傘を突きたてられるのがオチだったろう。今夜はその仕返しだぞ」

そう言いながら、香坂はネッキングをつづける。

「ああん、だめだってばあ……あたし、襟足も弱いのよう」

鏡の前の奇襲を受けて、晴美はますます身をすくめて狼狽《ろうばい》したが、香坂は熱烈なネッキングと乳房への愛撫《あいぶ》をやめはしない。

うれしいことに、晴美はガウンの下には、何も身につけていなかったし、もうあとはベッドにはいるだけ、という格好だったのである。

香坂は、ネッキングを見舞いながら、あいているもう一方の手を、ガウンの打ち合わせの隙間からすべり込ませ、股間のほうをさぐった。

ざわっ、と下腹部の濃い繁茂が手に触り、その下に指をすべりこませると、秘唇はじっとり、熱いうるみを湛《たた》えていた。

「ああん……だめだってばァ」

晴美は肩を震わせ、顔をのけぞらせた。

女芯《じょしん》への指弄《しろう》をつづけるうち、潤みをたたえていた程度だった肉びらのあわいに、どくどくっと、蜜液があふれて、指を濡《ぬ》らすのがわかった。

「やあんっ……香坂君ったらあ」

あばれたはずみに、晴美の手が後ろ抱きしている香坂の股間を叩《たた》き、そこにみなぎっている男性の猛《たけ》りに触れた。

やけどをしたように、目をまわしたように、一瞬、どきっとしたらしい晴美が、息をつめたあと、

「やだあ……香坂君ったら……もう、こんなにして……」

熱い声とともに、握りしめにきたのであった。

香坂さんがいつのまにか、香坂君……と、高校時代と同じような呼び方になったことで、香坂はいっそう激昂した。

女芯の中にくぐりこませていた指を働かせ、耳の後ろへのネッキングをつづけるうち、

「ああ……」

晴美は、腰をぶるっと震わせて、反った。

その拍子に、香坂は女体を一回転させて正面から抱きなおし、そこで不意にはじめて唇をおし被《かぶ》せ、キスをしにゆく。

「ううっ……」

晴美の唇もなすりつけるように押しつけられてきて貪《むさぼ》りあい、彼女は両手を香坂の肩にまわしてしがみつくことで、腰が抜けそうになる体を支えた。

香坂はディープキスをしながら、右手は晴美の股間にあてがい、憧《あこが》れのマドンナを凌辱《りょうじょく》するように、女芯にずっぷり二本の指を埋ずめて、肉びらの谷間や秘洞の奥をたがやしている。

「ああ……ああ……ああっ」

晴美はますます、はじけそうになっていた。

ひっくり返りそうになるたびに、あわてて香坂の首に両手をまわして、体を支える。

「香坂君……なんてことするの……これが久しぶりに会った同級生への礼儀なのう」

「そうだよ。城跡ではキスもさせてもらえなかったからな。今日は何もかも一緒に奪っちゃう」

言いながら、香坂は晴美の片脚を、傍にあった丸椅子《まるいす》の上にのせた。

「ねえ、入れるからね」

はじめ、意味がわからなかったらしい晴美は、香坂がいきなり立位で挿入してくるらしい気配を察して、恐慌をきたした。

「ああっ……だめようっ……駄目ってばア、そんなこと」

けれども、晴美はもう片脚を丸椅子の上にのせて、太腿をあげさせられているので、開口部がいっそう露わになっており、女の紅《あか》い秘裂はいまや、蜜濡《みつぬ》れしてうごめくように、開いている。

香坂は乗りまくって、問答無用で、猛りたつものを女芯にあてがい、下から腰を弾ませるようにして、押し込んだ。

「あああっ……！　香坂……くーんッ！」

ふとい肉根を挿入され、晴美はわなないた。

香坂はヒップを抱えて、結合部を打ちつけた。あまり大きくは動けない。それでも、晴美は女の中心部に、香坂の思いもしなかった奇襲を受けて、つらぬかれて、あふ、あふっと顔をまっ赤に上気させて、あわてふためいている。

男の首にまわされた両手に力が入り、眼はうっとりと閉じられて、なやましい声まで洩らす。

「どうだね、晴美。むかし拒否した劣等生の味は」

「いやあん……香坂君のって……こんなに大きいとは知らなかったわ」

「知ってたら、やらせてくれたかね、あの時」

「無理よう。わたし、まだ処女だったもの」

「人妻になった途端に、ころっと淫蕩《いんとう》になって、男を誘う。みろよ、この女取締役、晴美の姿……」

香坂は晴美のヒップと背中をしっかりと両手で握りしめ体を支えたまま、くるっと、彼女に鏡がみえる角度にむかせた。

「やだあっ……」

晴美が気絶するような声をあげた。

「それを見せないでっ……晴美、死んじゃう」

あわてふためく晴美になおいっそう、よく見えるように、香坂は少し腰を引き、繫《つな》がっている部分を露骨に、鏡に映しだした。

「ほらほら……黒い毛むらと毛むらが混ざりあって……劣等生のあれが生徒会副委員長の百合《ゆり》の花の中に、ずるずると這入《はい》ってるんだぜ……」

香坂が出没運動を加えると、晴美はのけぞりつつ、悶《もだ》えるように、白い手で虚空をかきむしる。

「あっ……あっ……よくてよ」

笛のような声が洩れ、快美感を訴える。

しびれが、繋がっている性器から香坂の脳天にまで、突きあがってくる。

高校時代の憧れのマドンナにむかって、今、暴走族のように思うさま荒々しく、立ち割りしていると思うと、香坂は年甲斐《としがい》もなく猛った。

けれども、立位というのは、本来、そういう精神的凌辱のすがたとして面白いわけであって、晴美の女体をゆっくり味わうには、少し無理がある。

「ねえ……お願い……ベッドにゆきましょう。わたしを辱《はずか》しめるのは、もうこのくらいでいいでしょ。ね、メロンの試食会はこれぐらいにして……」

晴美も、息もたえだえに訴える。

「そうだね、じゃあ、ベッドにゆこう。晴美をもっといやらしい女にしてやる」

香坂はそう宣言し、メロンの試食会を打ち切って、場所を移すことにした。

香坂はベッドに入った。

晴美が一汗かいたからといって、シャワーを浴びて戻ってきた頃合い、香坂は枕元《まくらもと》の灯《あ》かりを調節して、腹這《はらば》いに寝ていた。

「さっきは痛かったわ。ヒップのところに手の痣《あざ》がついてるくらいよ。お願い、優しくして」

晴美が掛布をあけて、すべりこんでくる。

香坂は受けとめ、接吻《せっぷん》した。

それから、もっと優しくするために、掛布をひきむしり、晴美の首すじから乳房、胸から腹部へと、接吻を移してゆく。

香坂は何が何でも、晴美の秘められた場所を、この眼でしっかりと見届けて、クンニを振舞いたいのである。

晴美の双脚を開かせて、顔をそこに移そうとした途端、さすがにいやあーん、と声を噴いて、晴美は恥ずかしそうに身をよじる。

一瞬の、決闘のような時間がすぎたあと、香坂はもう両手で腿を押し分けつつキープし、顔を繁茂の丘に伏せていた。

晴美の女芯は、ぬたつき光りながらも、肉びらがわりと清楚《せいそ》で、内陰唇はめくれ開くというよりは、ピンクの花びらが慎ましく内側にたたまれている。

香坂はそのマドンナの雌《め》しべを、ペロリと舌で舐《な》めあげた。

「あうんっ……」

晴美の腰が甘やかにゆらめく。

香坂は心をときめかせて、ペロリ、ペロリ、と蜜の流れに舌の洗礼を授けたあと、二指をあてがい、上べりの百合の芽のカバーを、指でむいてみせた。

赤味を帯びたピンクの露頭部が現われる。

香坂はそこへ、舌を差しむけた。舌が露頭部をとらえると、強い電流に触れたように、晴美は全身を痙攣《けいれん》させた。

「あっ……そこ……そんなふうにしないでっ」

晴美が腰をふるわせ、甲高《かんだか》い声で呻《うめ》く。

香坂は、香ぐわしい秘毛を分けて、ピンクの肉粒を露出させたまま、その桜色の勃起《ぼっき》を吸い、薙《な》ぎ伏せ、下からせせりだし、舐めつづける。

「あっ……あっ……あーんっ」

晴美は、敏感な露頭部への舌の襲撃を受けるたびに、なやましく弾け、のけぞる。

晴美の声がかすれた。白い両手が差しまわされて、香坂の頭髪を、くるったように晴美の両手が摑《つか》んだりする。

「駄目よ、やめて。そういうことは、夫にも許したことはないのよ」

あせったような声で、言いつづける。

許されざる秘園なら、なおやり甲斐がある。

香坂の舌の出没と跳梁《ちょうりょう》が、自由奔放になり、女の塔を嬲《なぶ》ったあと、女芯の割れ目にさまよったり、刺したりするうち、晴美は感極まって、すすり泣きはじめた。

ベッドのシーツの海を、両の手で爪《つめ》がひっきりなしに、掻《か》いている。

時折、両脚にぶるぶるっと力を入れて、腰を持ちあげて、ブリッジを作ったりする。

足の爪先が内側に反っているのは、性器を見舞う感覚を一滴もこぼすまいとして、腰の受容器に全神経を、集中しているからのようである。

そんな時、晴美は美しい顎《あご》を反らせて、のけぞっている。柔らかな雪白の乳房は、朱《あか》く染まって汗ばみ、両方の乳房の谷間に、はやくも少しだけ、汗のしずくが流れはじめている。

香坂は晴美の中に、はじめてみる女を見ていた。彼の眼前には、かつての同級生ではなく、秀才でもなく、もはや解き放たれた牝《めす》の淫体《いんたい》が、欲しがる白い淫肉となって、のたうっているだけであった。

そうなると、香坂はもう本来の地平に着陸した安心感を覚え、自信に充《み》ちた仕草に移る。

香坂は、割れ目の上べりの突起に、舌をあてがいつつ、指を一本、膣口の下べりに押しあてて、ぬっちゃりと音をたてて清楚な花びらをひらきつつ、ぐっと挿入してみた。

「あうんっ……いきそうっ」

晴美のおなかがへこみ、腰がぶるっと震えた。

晴美は額のまん中に、ふかい皺《しわ》を刻《きざ》んだ。

香坂は、指を重ねて二本にして、挿入しなおした。

ますます呻き声が洩《も》れ、腰がぶるぶるっと震えた。

香坂は、重ねて挿入した指を、粒立ちとうごめきに充ちた女洞の湾の中で、横にひらいた。

ひらいて、奥から手前に引くようにして、掻きまわした。

「あーっ」

晴美はシーツを摑んで、のけぞった。

背中を持ちあげる。ぶるぶるっと、痙攣《けいれん》が女体を小刻みに震えさせている。

「わたし、イッちゃう……」

晴美はシーツをわし摑みにして、震えを止めようとしていた。

けれども、指の操作をつづけられて、痙攣は収まらない。強い力が、香坂の指を締めつけた。

やがて、締めつける力がゆるんだ時、晴美の背中がシーツに崩れ落ち、香坂の指も、ずぼっと抜けはずれていた。

「なんだ、もうイッたのか」

香坂は、勝ち誇ったように、顔を覗《のぞ》き込んだ。

「見ないでっ……恥ずかしいっ……指だけでイカされちゃうなんて」

恥じらいつつ、顔を両手で覆い隠す仕草には、まだどこやら少女っぽいところが窺《うかが》える。

「なんだ。昔の美人の誉《ほま》れ高き秀才も、こういうことにかけては案外、初心《うぶ》で、だらしないな」

「不良っ。香坂君がうますぎるのよう」

「おれはまだ、満足してないよ。見たまえ」

香坂は、中腰になって上体を起こし、赤黒く聳《そび》えたってゆらぎ打つものを、晴美の眼前に晒《さら》した。

「ああ……私に見せないで……そういうもの」

「いらないのかね」

「いらないなんて言ってないわ……香坂君に病みつきになったら、どうしよう、と心配してるのよ」

「まだ先刻のは、門《かど》のぞきだけだったぞ」

「……じゃあ、ちょうだい」

と、晴美は小さな、痰《たん》がからんだような声をだして言い、眼を閉じ、仰臥《ぎょうが》し直す。

双脚は心持ち、扇状に広げられる。

「もっと両脚を上にあげるんだ」

晴美は言われる通り、両脚をもちあげ、双手を両太腿の下にあてがって抱きよせつつ、腰を宙に浮かせる体位をとった。

そうなると、ヒップがシーツの水平面から持ちあがる。

いわゆる、肛門を天井にむけた形である。

「いいぞ、晴美。菊の花が上をむいている」

「いやあっ……言わないでっ」

香坂は、ひらかれた晴美の股間に膝《ひざ》を進め、おのれのいきりたった男性の宝冠部で、彼女の上べりの突起を撫《な》でまわしてやる。

「あーっ……そんなことされたら、またイッてしまうわ」

「どうだ。もっと入れて欲しいか」

「欲しいっ……ちゃんと、入れてよう」

「あんた、下つきだからな。両脚を自分の腕に抱え込んで、もっと腰を浮かせろよ」

「ますます、お尻の穴が見えちゃう。香坂君ったら、私を辱《はずか》しめてるんでしょう」

晴美は、情けなさそうな声をあげながらも、宙に持ちあげていた両脚の、膝の裏あたりを両の腕に抱え込んで、いっそう力を入れて広げた。

ヒップがますます、シーツから持ちあがり、毛むらに囲まれた割れ口から蜜《みつ》がたらたらと流れだし、銀色のしずくを作って、下の菊紋の中に流れ込んでいるのがわかる。

(これが、憧《あこが》れのマドンナのあそこだ……初恋の女の、雌しべだ……)

香坂は、ますます激昂《げっこう》して、突き入れてやることにした。

溢《あふ》れる蜜液で、ぬかるみのようになった肉びらの間に、赤黒い猛《たけ》りの宝冠部を押しあて、膝立ちの姿勢でぐいと埋ずめこんだ。

「ひいっ、きつーいっ……」

両肢を両の腕に抱え込んだまま、晴美は苦痛と悦楽に歪《ゆが》めた顔をのけぞらせた。

挿入しつつ、おや、と香坂は思った。

立ち割りの時は、無理無体に一気に押し進めたので、あまり感じなかったが、こうして静かに挿入してゆくと、晴美の通路は意外に狭くて、新鮮であることに気づいた。

むしろ、窮屈なくらいだった。ぐっしょり濡《ぬ》れていて、なお、めりめりっと軋《きし》むくらいに、通路は窮屈なのである。

「実業家の老社長とは、夫婦生活はないのかね?」

香坂が、かまをかけて聞いてみると、

「……わかった?」

びっくりしたように、眼を開いた。

「ああ、わかるよ。晴美は久しぶりに男を迎え入れている、という気がする」

「そうなの。夫とは最初から、こういうこと、何もないのよ。私は、お飾り人形兼女実業家として、雇われたみたいなものなの」

そうか。それで、先刻は指を二本、入れただけでイッてしまったんだな、と香坂は納得した。

外見的には、美貌《びぼう》の女取締役として輝いているようだが、案外、内実は淋《さび》しい女かもしれないぞ……と、不憫《ふびん》な気もした。

香坂は、底まで埋ずめこみ、体動を加えた。

倖《しあわ》せにしてやろう、と体動を加えた。

「あっ……あっ……あっ」

喘《あえ》いでいる晴美の顔は、どうかすると苦しそうな表情であった。しかし、その苦しさの中には、受忍の喜悦が射し込んでいた。

喜悦はやがて、爆発的な歓《よろこ》びに変わる予感を孕《はら》んでいる。

香坂はぐいぐい、秘肉の奥を突きうがった。

やがて、香坂は晴美の両足を肩にかついで、女体を二つ折りにした。

一番、奥まで深く届く体位である。

晴美はたちまち、ヒューズを飛ばしそうになった。

「あっ……だめっ……だめようっ……香坂くーんッ、わたし、イッちゃうよう」

泣くような声が、つづいた。

晴美の腹が激しく波打った。乳房が重々しく揺れている。香坂の動きが激しくなるにつれ、晴美は全身から汗をにじませて声を嗄《か》らし、いく、届く、死ぬ、という言葉を交互に連呼しながら、やがて絶頂にのぼりつめた。

4

「じゃあ、お願いね」

その夜、別れ際、椎名晴美はそう言った。

もちろん、五人のモデルを派遣することである。

「モデルといっても、まだ仕込み中の素人《しろうと》に毛がはえたような娘でいいだろう。そのほうが、安くつくよ」

「ええ、素人っぽい娘のほうが、本当らしくていいかもしれないわね。人選は香坂さんにお委《まか》せするけど」

「よし。委せてくれ」

と返事をした通り、一週間後、香坂は五人のモデルを晴美のところに派遣した。

それから一ヵ月がすぎて、桜の季節が訪れた頃、スポーツ紙や夕刊紙、女性誌、テレビにまで、「美女が集まる露天風呂」として、晴美が経営する新鬼怒川温泉グランド・ホテルが、大評判になって紹介されるようになったのを見て、香坂は度胆《どぎも》を抜かれた。

そこそこ、成果をあげるだろう、とは予想していたが、そこまで大成功するとは思わなかった。頭のいい晴美のやつ、マスコミにも手を回したな、とすぐにピンと来たが、その晴美から、全室満員御礼の電話がかかってきた時、香坂は怒るよりも、

「そうか、おめでとう。晴美の仕掛けをばらされたくなかったら、今度はおれを招待しろよ」

そう脅迫することで、香坂は溜飲《りゅういん》をさげた。

第四章　満開の桜の下で

1

来宮潤子《きのみやじゅんこ》は、香坂秀一郎によって満開の桜の下で、草むらの上の花茣蓙《はなござ》に俯《うつぶ》せに押し倒された時、

「いやあ」

びっくりするような黄色い声を放った。

悲鳴の入りまじった声だが、どこかに甘えるような、誘うような響きがないでもなかった。

「いやあん、社長ったらあ、こんなところで、性交《や》るのう？」

来宮潤子は、撮影が終わったばかりの訪問着姿で香坂に挑まれ、接吻《せっぷん》を受けつつもあらがい、狼狽《ろうばい》している。

「ねえ、だめよう……人が来るわ」

「大丈夫さ。ここには誰もこないからな」

まだ、陽の高い時刻で、たわわに揺れる満開の桜の梢《こずえ》や枝々をぬって、午後の明るい陽射しが斜面に木洩《こも》れ陽《び》のようにふりこぼれている。

来宮潤子は、ある大手都市銀行のキャンペーンガールの仕事で、今日は和服を着て、春爛《らん》漫《まん》の桜の下でのコマーシャルフィルムの撮影が終わったばかりである。

スタッフは、先にワゴン車で引揚げたが、香坂はちょっと話があるから、と言って潤子を呼びとめ、撮影現場よりさらに奥にあるいて、死角となる桜公園のなだらかな土手に、誘いこんだところである。

平日の午後三時だから、まわりには人っ子一人いない。それでも潤子は気になるらしく、

「ねえ、社長ったらあ。何か、話があると言ってたでしょう」

「うむ、話はあとまわしにしよう。現場に車を置いてるからね。都心部まで戻る途中で、ゆっくり相談したいことがある」

そう言いながら、仰むけに押し伏せた潤子の背の下に花見酒用の花茣蓙《はなござ》が敷いてあるのを確かめつつ、潤子の顔に数片、ふりこぼれている桜の花びらを手で払って、唇を寄せる。

ちろちろとそよぐ潤子の薄い舌に、舌をからめながら、香坂は彼女の襟もとの合わせめから、手をすべりこませて、乳房を揉《も》んだ。

ぬめらかな乳房が熱い。たっぷりと豊満で、雪のように白いうねりが、掌《てのひら》に弾み返す。

香坂は膨らみを増した乳首を吸うため、襟もとをさらにくつろげ、顔を寄せる。

赤く疼《うず》きたつ茱萸《ぐみ》の実を吸いたてる。

「はあん……はんっ……」

潤子はいかにも感じやすい、といった喘《あえ》ぎを洩《も》らし、上体をくねらせながら、香坂の手首を摑《つか》んできた。

自分の身体から手をふりほどくのかと思ったら、反対に香坂の右の手首をつかみ、せわしげに自分の着物の打ち合わせを分けて、恥毛の奥へと誘う。

「ねえ、するのなら早く……して」

毛むらの感触が、わさっと触れた。

指をすすめると、肉びらは潤んでいる。

香坂は、なりゆきにいたく激昂《げっこう》した。

来宮潤子は、田園調布《でんえんちょうふ》のF女子学園短大二年生で、十九歳である。興味と好奇心からモデルをはじめたのだが、家は田園調布にある根っからのお嬢様である。

（そのお嬢さまを、満開の桜の下で摧《くだ》く……）

香坂は自らが落花狼藉《ろうぜき》の主役になることへの快楽に背すじをわななかせながら、来宮潤子の白足袋《しろたび》に包まれた小さな足から草履《はきもの》を脱がせ、帯はきつく胴に締めたまま、花色の美しい着物の裾《すそ》を、大きく左右にはだけ、長襦袢《ながじゅばん》やその下のお腰もまとめて、左右にはだけた。

白い、むっちりした右腿から双脚が、夢のように現われる。

初めのうちこそ、

「いやだわ」

とか、

「人に見られたら、困るわあ」

と、何度も香坂を拒《こば》んでいた潤子だが、香坂が花茣蓙の上に押し伏せてキスを見舞いつつ、秘部に指を使いはじめると、甘やかに眼を閉じ、もう文句を言わなくなった。

香坂は、決め込むにしても、一着何十万円もする新調の晴れ着を汚すのは、もったいないと思った。

そこで、帯はそのままにして、潤子の着物の裾を彼女の背のほうにまくりあげてから、もう一度、仰むけにする。

白い襦袢やうすいお腰の布を、帯の上まで完全にめくりあげ、香坂は、満開の桜の照り返しを受けながら、眩《まぶ》しいほどに輝く十九歳の下半身を、剝《む》きだしにした。

帯を解かずに挑んだのは、万一、近くに人が来たら困るからであり、都心部に帰る時間の按配《あんばい》もあった。

要するに、来宮潤子がどの程度、自分で和服を着付けできるか、それが信用できなかったからでもある。

「さ、これならいい。昆布巻きならいいだろう。立ちあがったら、きみはもうもとの美しい訪問着姿さ。きみは撮影現場から、すっと出てきたことになる」

「昆布巻きって、言うんですか、こういうの?」

「そうそう。帯を解かずに、ちょいの間で性交《や》るのを、昆布巻きスタイルっていうんだよ。昔の人は、いいこと言ったねえ」

潤子を安心させておいて、香坂は皮むきメロンのようにみずみずしい、帯以下の裸身に取りつく。

恥毛を指で、撫《な》でた。柔らかい、ひとつかみほどの量の毛糸が、小高く膨らんだ恥丘の上にふんわりと丸くもつれてのっているという感じで、丘を飾っている。剛毛ではないが、毛足はわりと長くて、もつれていて、割れ目のほうまで垂《た》れ繁っている。

香坂の指が、その毛むらを掻《か》きあげて、奥の秘肉の割れ口をまさぐりたてると、来宮潤子は、

「やあーんっ」

という声を発し、胸を反らせる。

指を使ううちに、舟状にほころび開いた貝の身のような女のたたずまいに、あたたかいうるおいが湧出《ゆうしゅつ》しはじめる。

指にまとわりついてくる肉びらのあわいに桜の花びらが数片、風に吹かれて降りかかってきて、秘唇に貼《は》りつく。

蜜液《みつえき》に貼りついた染井吉野の白い花びらは、そよいでいる。

丘の上に風が吹き渡るにつれ、ふたたび桜吹雪《ふぶき》がまき起こり、はらりと潤子の腹や恥毛や太腿の上に舞い散る。

香坂は、その桜の花びらを、幾片か指先で集めて、上端の真珠の上にまぶしつけ、その花びらごと、肉粒を包んでぷりぷり押し揉む。

来宮潤子は、上べりの肉粒を弄《いら》われるのがもっとも好きらしく、香坂が桜の花片ごと、充血しはじめたその真珠を指の腹で揉みたてるにつれ、

「いやん」

と、言ったり、

「あーんっ」

と甘い喉声《のどごえ》を発したりして、上体を反り返らせ、顔を髪ごと右に左にと振りたてる。

その顔にもまた、桜の花びらが嬲《なぶ》るがごとく舞い散ってくる。

香坂は今、最高の贅沢《ぜいたく》をしていると思った。

満開の桜の下で、桜まみれの女体をむさぼるなんて、そうめったに出来ることではない。

来宮潤子も、その舞台装置にすっかり昂揚《こうよう》してきたらしく、

「もうちょうだい、欲しいっ」

束ねをといたセミロングの髪を、白い頬《ほお》にまといつかせた顔を横にそむけたまま、潤子は香坂にせがんだ。

「おやおや、どうしたんだい。先刻はいやだと言っていながら、もう入れてほしいのかい？　だってここ、野っぱらだよ」

香坂は、髪の中にも幾片かの桜の花びらをまといつかせた潤子を、覗《のぞ》きこんだ。

「やだあ、焦《じ》らさないでえっ」

香坂は身を起こして、来宮潤子におおいかぶさる。

「片方の脚を持ちあげるからね」

宣言しておいて、香坂は来宮潤子の左の脚をすくいあげ、持ちあげた左の足先が、潤子の顔の上まで達するほど深く折りまげておいて、腰を合わせる。

潤子の毛むらの下の赤い割れはじけ部分が、斜めによじれて露を噴いているところに、桜の花びらとともに、香坂の巨根が一気にすべりこみ、付根まで埋ずめこまれる。

「あうっ」

つづいて、

「ひーっ」

と、潤子の鋭い叫びがあがって、わなわなと喘ぐかたちをとる朱唇のぬめらかなルージュに、また数片、桜の花びらがはらはらと舞い散ってきて、はりつく。

香坂は、ぐりぐりと腰を送りこんだ。

「やあんっ……ふといっ……潤子のおそそ、切れちゃうっ」

ちぎれちぎれに悲鳴に似た声をあげる来宮潤子の、目鼻立ちの可憐《かれん》な顔に、花びらはひっきりなしに、斜めに舞いかかっていた。

潤子の通路は、柔らかいが小さな締めつけと喰《く》いしめに富んでいて、小魚のようなものがぴちぴちと香坂にまといかかってきて、抽送するにつれて、ひくつき、ぬたぬたと圧迫してくる。

潤子は苦悶《くもん》の表情になった。

「ひいっ、潤子のおそそ、いっちゃう」

苦悶に打ち歪《ゆが》んだ可憐な顔に、はらはらと満開の桜がなおも夢のごとく、舞い散るのを眺めながら、香坂はクライマックスに追いこんで、どくどくと浴びせた。

2

三十分後、香坂は助手席に来宮潤子を乗せて、スプリンターを運転し、都心部にむかっていた。

満開の桜の下で、訪問着を着た来宮潤子を撮影したのは、聖蹟桜ヶ丘《せいせきさくらおか》の郊外の丘陵地帯である。甲州《こうしゅう》街道まで出ると、新宿《しんじゅく》にむかう上り車線は比較的空いていて、車は順調に流れた。

来宮潤子は、身繕《みづくろ》いこそきれいに直しているが、ほどけきった心は繕《つくろ》いきれず、どこやら陶然として、眠そうである。

「きみ、家は田園調布だけど、関西出身だったっけ?」

香坂は、運転しながら尋ねた。

「ええ、小学校まで神戸《こうべ》の芦屋《あしや》に育ちました。でも、履歴書にはそんなこと書かなかったのに、どうして知ってらっしゃるんですか?」

「おそそ、と言ったからね、あの最中に」

「やだあっ……潤子、言いませんっ……そんなこと!」

潤子は、びっくりするような声をあげた。

「言ったんだよ、ちゃんと。おそそが切れちゃう、とか、イッちゃうとか」

「やだやだやだあ……社長の莫迦《ばか》ァ……!」

火事場の最中に夢中で吐いた痴語を指摘されて、来宮潤子は恐慌をきたしたように、香坂の膝《ひざ》を打ち叩《たた》いた。

でも、その騒ぎでやっと眼が覚めたのか、

「ところで、お話って、何でしょうか」

不意に真面目な顔をして尋ねてくる。

「あ、そうだったな。幸福《こうふく》銀行の会長夫人がね、きみを欲しいってさ」

「欲しいって……どういうことかしら？」

（わからないだろうな、多分……。おれにも最初、よくわからなかったんだものな）

香坂秀一郎は、運転しながらニヤリとした。

有馬多鶴《ありまたづ》というのは、大手都市銀行のなかの中位行、幸福銀行の会長夫人である。

幸福銀行は、乃木坂モデルクラブのメーンバンクである。のみならず、香坂の大学の先輩が広報部長をしている関係から、幸福銀行が主催する各種キャンペーンや催事《さいじ》やパーティには、ほとんど乃木坂モデルクラブから派遣コンパニオンを送っていた。そのなかの一人、来宮潤子がいたく会長夫人のお気に入りとなり、新聞やテレビのキャンペーンガールとして白羽の矢をたてられ、起用されることになった。

潤子をイメージキャラクターとしたカレンダーやポスター、ＣＦなどが流されはじめて、もう半年になるが、評判はいい。

そうなると、来宮潤子をつれて、社長の香坂じきじき、月に一回は会長夫人のご機嫌伺いに伺候したりする。

有馬多鶴の家は、浜田山《はまだやま》にあった。植え込みの深い、広い屋敷だった。幸福銀行会長の有馬頼高《よりたか》は、もう七十すぎの高齢である。息子を頭取に据えて自らは会長職に退き、ほとんど悠々自適といった生活であった。

その傍に、芙蓉《ふよう》か白萩の花のようにひっそりと寄り添い、老会長の面倒を何くれとなく見ているのが、多鶴夫人であった。

孔雀《くじゃく》夫人、と呼ばれるほど、多鶴夫人は控え目にしていても、華やかである。三十八歳とまだ若い。和服の似合う、日本風の美人であり、後妻である。

家ではひっそりとしているが、いったん外出すると、幸福銀行の本店や支店に足繁く出入りして、経営の隅々に眼を配り、頭取や重役をしている義理の息子たちをも屈服させ、陰では秘かに鎌倉《かまくら》幕府における政子《まさこ》のように、女院政を布《し》いている、という噂《うわさ》さえあった。

要するに、美貌《びぼう》と実力を兼ね備えた女帝的存在である。美貌のほうは、宝塚《たからづか》歌劇団上がりであることからも、証明ずみである。

その会長夫人、有馬多鶴が一週間前、潤子を伴って会食した夜の帰り、香坂の耳許《みみもと》に何事かをそっと囁《ささや》いた。

よく聞こえなかったので、

「は?」

と、香坂は尋ね返した。

「今、何とおっしゃいました?」

「あの子をくださいな、と申しあげましたのよ。何か変？」

「来宮潤子を欲しい、とおっしゃるのですか？」

「ええ、そう言いましてよ」

「欲しい、というのは何でしょうか。銀行のほうで秘書にするとか、お身内のどなたかのお嫁さん候補にするとか、そういう話でしょうか」

ほっほっほっほっ……と多鶴夫人は笑った。

「香坂さん、勘が鈍いわねえ。私が欲しいのよ、私が……」

「え？」

「これ以上、言わせないで下さいよ」

あ、なるほど、と香坂にもやっとわかった。

有馬多鶴は三十歳まで宝塚歌劇団にいたから、レズの気があるのかもしれない。それに現実問題、会長は高齢なので、セックスの方面ではおよそ、充《み》たされている気配はなかった。

「……ぼくとしたことが、気がつかずに大変、無調法をいたしました。奥様のご要望、充分わかりましたので、何とか善処いたします」

「お願いね。あのお嬢さんだけでなくてもいいのよ。あなたもご一緒、というのはいかがかしら？」

多鶴夫人の提案した意味が、どのようなことであるのか。今度はもうはっきり、香坂にも

理解できたので、

「うれしいお誘いですね。ぜひ、実現いたしましょう。近日中に、お返事を差しあげます」

香坂は、そう返事をしておいた。

それが、一週間前の金曜日のことである。

それで、来宮潤子をその話題にひきずりこむにしても一応、馬馴《うまな》らしをしておこうと思って、香坂は今日の撮影後、満開の桜の下で多少、強引な誘いをかけて、潤子と身体を繋《つな》いだのであった。

香坂が新宿に着くまでに、多鶴夫人の申し入れを詳しく説明すると、潤子も満更《まんざら》ではなさそうであった。

「へええ、そうかあ。あの会長夫人、レズの気があるかあ。私も……多少そのケがあるから、抱かれてみてもいいわ」

あっさりと、そう言った。「それに私だって、子供じゃないもの。今、会長夫人と仲良くしておくことが将来、どんなに役に立つか、よくわかってるわ」

案外、しっかりしてるな、と香坂は舌を巻いた。

「ありがとう。潤子がそう言ってくれたので、助かったよ。じゃあ、近いうちに連絡するから、よろしくな」

その日、乃木坂の事務所に戻ってすぐ、香坂は浜田山の会長夫人のところに、電話を入れ

た。例の件、いつでも応じます、と返事をすると、

「あら、うれしいわ。それは吉報ね。じゃあ、今度の土曜日の夕方六時、赤坂の〈花藤《はなとう》〉で席を設けておきますから、ぜひお二人、お揃《そろ》いでいらっしゃってね」

3

四月の第二土曜日は、花曇りだった。

灯ともし頃の赤坂の街には、春宵の甘い賑《にぎ》わいがある。

香坂は、来宮潤子を伴って、約束の時間に田町《たまち》通りの奥にある料亭〈花藤〉に赴《おもむ》いた。

打ち水された玄関をくぐると、

「いらっしゃいませ」

和服を着た若女将《わかおかみ》が現われ、三つ指をついて迎える。

「会長夫人、お見えですか」

「はい、もうすぐお見えになると思います。どうぞ」

奥の部屋へ案内される。

香坂と潤子が座敷のテーブルに坐《すわ》って、桜湯とおしぼりの接待を受けていると、ほどなく、

「会長夫人がお見えになりました」

若女将が襖《ふすま》をあけて告げ、その後ろから藤色のシャネルのワンピースを着た、大柄な有馬多鶴が、大輪の花でも匂い咲くように現われ、

「いらっしゃい。お揃いでお見えになって、多鶴、うれしくってよ」

にこやかに笑って、テーブルについた。

すぐに京懐石とビールや日本酒が、運ばれはじめた。

「銀行のイメージ・キャンペーン、おかげ様で大好評で、業績も回復しております。こういう不況時代って、何といっても、お嬢さんのような明るくって華やかなイメージが必要なのよね。今夜はそのお返しですから、どうか遠慮なく召しあがってね」

多鶴夫人は、二人の招待客に料理をすすめ、率先して箸《はし》を取りあげる。

来宮潤子にとっては、本格的な料亭での懐石料理は初めてだったようで、

「わあ、きれい。ままごとみたいですね、奥様」

無邪気に喜んで、箸を動かす。

「お嬢さんってホント、すらっとしてらっしゃって、すてきな方ね。私好みよ」

有馬多鶴は、潤子をまるで裸にするような眼で眺め、「ところであなた、レズのたしなみ、あって？」

お上品に吟醸酒の硝子《ガラス》の盃《さかずき》を、口に運ぶ。

「レズですかあ、ちょっとだけはあるんですけど……弱いなあ」

来宮潤子は、俯《うつむ》いて恥ずかしそうに言う。

「じゃあ今夜、私が仕込んであげてよ。ところで、殿方とご一緒の巴《ともえ》戦は？」

「……わたし、3Pも経験ありません」

「じゃあ、その方面のことも今夜は楽しみましょうね」

「はい、よろしくお願いします」

来宮潤子が、殊勝に頭をさげたりしている。

そうなればもう、春宵価千金の背徳の宴《うたげ》の扉は、いつのまにやらあけられたも同然である。

一時間半ばかり、運ばれてくる懐石料理に舌鼓を打ち、ビールや吟醸酒をたらふく飲んで、ほろ酔い気分になった頃合い、三人は隣の部屋に移った。

隣の部屋は、六畳間であり、会長夫人の言いつけで、すべての準備が整っていた。

床の間に花が活《い》けられ、雪洞《ぼんぼり》型の電気スタンドの灯かりが、二組敷き並べた紅《あか》い絹布団を、なまめかしく浮きあがらせている。

「あたくしね、お願いしていいかしら」

部屋に入ってすぐ、多鶴夫人が洋服のファスナーを引いて脱ぎながら、まず言った。

「はい、何なりと」

香坂は枕許《まくらもと》で畏《かしこ》まって答える。

「香坂さんとお嬢さん、先になさっていただきたいの」

「ぼくたちが先ですか。それは困ったな。ぼくはオブザーバーですから、あとでかまいませんけど」

「いいえ、そういう意味じゃないのよ。あたくしね、男と女がいたすところを傍で見ながら、自分でだんだん興奮してゆくっていう段取りがとても、大好きなの。ねえ、私のリクエストを入れて」

「そういうことならわかりました。じゃあ、ぼくがまず来宮君を抱きます。体位についてのご注文、何かありますか？」

「あるわ。香坂さん、まず仰むけになって。わたくし、お嬢さんが香坂さんの男性をフェラチオするところを、まずどうしても拝見したいの」

さあ、お嬢さん、こちらにいらっしゃって――と言って、てきぱきと指示する多鶴夫人は、もしかしたら宝塚では演出助手でもやっていたのだろうか。

背徳の閨房《けいぼう》にはいって、舞台監督か映画監督のように、香坂たちに淫《みだ》らなことを、次々に指示するのである。

香坂は、衣服をすべて脱いで、布団の上に仰臥《ぎょうが》した。

来宮潤子が脱いで、布団の傍にかしずいたまま、もじもじしていると、

「いやあねえ、お嬢さんったら。なさるのよう。男のふといものを握って、口吸いをなさって。あたくし、あれをみると、とても昂《たか》ぶるの」

「かしこまりました。フェラチオをいたします」

来宮潤子が、三つ指をついて一礼したあと、膝《ひざ》から布団の上に乗ってきてかしずき、香坂の股間に顔を寄せてきた。

二美人の裸体を見ているので、香坂はもう猛《たけ》っている。潤子はその猛りを、両手で押しいただくと、おずおずと朱《あか》い唇を寄せて、怒張した香坂の宝冠部をまず口に含み、ねぶり、深く吸ったりした。

香坂は眼を閉じ、ひくく呻《うめ》いた。

これがお嬢様かとあやしむくらい、来宮潤子の口唇愛の技巧は、なかなかのものであった。

冠頭部にゼリーを被《かぶ》せるように、深ぐ唇を被せ、湿った音を小さくたてながら、ねっとりと舐《な》めあげたり、吸いあげたりする。

舌をひらめかせて、怒張の裏側をなぞったり、冠頭部の切れ込みに沿って、横にねぶったりしながら、不意にまた、口腔《こうこう》深く呑《の》み込んで、ルージュの濡《ぬ》れ光る唇をまくらせながら、香坂をしごく。

（うーん、うまいな）

香坂が、ますます猛りを覚えていると、

「ああ、とてもそそるわ。お嬢さんったら、いやらしいこと、とてもお上手だわ」

傍で多鶴夫人の熱い吐息が洩《も》れた。「それに香坂さんのも、おおきいわ。あんなに青筋が立ってる」

来宮潤子は含みながら、傍ら、両手をそそりたちの基底部の毛むらにあてがい、宝玉殿を裏側から片手で揉《も》んだり、すくいあげたりしている。

なんということはないが、その袋の裏側から這《は》いのぼってくる快さは、手慣れた手技のたまものだろう。

ふとぶとと張りつめた香坂の、男性自身のなかほどまで唇を沈め、頬《ほお》をすぼめて吸いあげる。

「ああ、見てるとたまらないわ。私もお仲間に入れさせて」

有馬多鶴は、身を揉むようにして言い、身につけていた最後の薄物であるスリップをとり、シルクのパンティも片脚ずつ、脱いでゆく。

そうしている間も、潤子の口唇愛は深まっていた。

朱唇に含まれたまま、白魚のようにきれいな指が二本、幹の部分にあてがわれ、前後に擦《こす》られはじめた時、その摩擦感に香坂は怺《こら》えようもなく、射精しそうになった。

「お……おい……来宮君、だめだよ、危ない」

「うふっ」

笑って来宮潤子は上眼づかいに見る。

「奥様、こういうふうで、よろしいのでしょうか」

「ああ、お嬢さん、駄目よう。気をつけて。それ以上なさったら、香坂さん、爆発しちゃいそう」

有馬多鶴が、そう言って、「さあ、いらっしゃい。お嬢さん、今度は私とやりましょうね」

ミルクを練り固めたような裸体を、布団の上で膝立ちにさせて、来宮潤子をすくい取る。

はずみに、潤子の口の中からずるりと解放された時、香坂のはちきれんばかりの肉根は、女の唾液《だえき》に濡れ光って、しなりを打ってゆらいでいた。

有馬多鶴が、右手でその肉根を握りしめたまま、

「お嬢さん、……そのお口よ……男のふといものを舐めたそのお口を、私にちょうだい」

来宮潤子を物狂おしく抱いて、女同士の激しい接吻《せっぷん》をはじめる。

痩《や》せぎすに見えた多鶴夫人だが、スリップもすべて脱いだ全裸の姿をみると、色白のその女体は、女っぽい起伏と曲線に富んでいて、糠袋《ぬかぶくろ》で磨きぬいたような白い肌が、ぬめりたっている。

「ああ、お嬢さんったら、キスもお上手なのねえ」

唾液がこぼれるような声を洩らしながら、多鶴夫人は、いつしか両手で潤子を抱きしめ、接吻しながら敷布団の上に押し倒してゆく。

たった今まで、男の肉根を吸っていた朱唇を、今度は多鶴夫人が貪《むさぼ》るように吸い、押し伏せた来宮潤子の裸体に、添い寝するような姿勢をとり、自分よりも若い裸体をゆっくりと愛《あい》撫《ぶ》しはじめている。

乳房の裾《すそ》野《の》から、腹、腿のあわいへと、白い指が這う。傍ら、二匹の人魚が絡みあうように、二美人はまた白い魔魚となって、悩ましく接吻を交わしあっていた。

傍ら、多鶴夫人の手が、潤子の恥毛をかきあげたりした。

「まあ、すてきなヘアだこと」

細くしなやかな指が、潤子のすでにうるみを噴きこぼした膣口をさぐりあて、すべるように侵入している。

「このお嬢さん、女のお道具も桜の花びらのように、とてもやさしくて、すてきだわ」

白い小蛇のようなその指が、膣孔に出没し、時折、すべり出ては、びらつきの部分やはざまの上端の肉真珠に戯れかかっている。

そのたびに、潤子は腰をくねらせていた。

「ああん……奥様……そんなあ」

多鶴夫人は、潤子の何もかもが気に入ったようで、

「このお嬢さん、ホントに素晴《すば》らしいわ。おしめりも多いし、奥のほうが吸い込むように動くの。このお嬢さんなら、きっと、男も女も、夢中になるわよね」

そう言いながら、多鶴夫人は主導権をとって、顔を逆さまに下腹部のほうに近づけ、女同士のシックスナインの形にもち込んでゆく。

4

二美人のうつくしい曼陀羅《まんだら》が出現した。

多鶴夫人が上になり、来宮潤子の秘部に顔を伏せて、クンニをほどこしはじめる。かたや潤子は、仰むけになったまま、顔の上でまたがられている美しき年上の女の、香《かぐ》わしい性毛を分けて、ルビー色にぬたつく秘所の肉びらに、下から舌を送っている。

香坂は今、隠しカメラを持参しなかったことを、悔《くや》んでいた。見ていて、猛烈な撮影意欲を煽《あお》られるほど、縺《もつ》れあった二人の女体は、美しい陰影を作って、なまめかしい光景であった。

多鶴夫人は、ほっそりした身体つきだが、胸の隆起や臀部《でんぶ》などは大きい。下腹部のくさむらは、黒々と密生するよりは、薄い柔毛《にこげ》が上品にたなびいた感じだが、それだけに女の割れひらきが、柘榴《ざくろ》のようにはじけて、肉厚の内陰唇が、貝の身のようにはみだしていた。

そこを今、潤子が小蛇のような舌先で、ちろちろとつつき、吸い、真珠を舐め、上手に口唇愛をふるまうにつれ、

「ああン……お嬢さん、すてきよ」

なまめかしい声が洩れて、腰がゆれる。

「香坂さん、どうしてらっしゃるの。いらっしゃって、早く」

香坂は、絡みあう二美人を見ているうち、男のしるしは、ますます雄渾《ゆうこん》なさまを見せていたので、それをひっさげて、多鶴夫人の後ろに中腰で起《た》つ。

「奥様、参りますよ」

「いらっしゃって」

香坂は多鶴夫人のヒップを、むんずと摑《つか》んだ。

柘榴のようにはじき割れた肉びらのはざまに、しなり打つ巨根をあてがい、ゆるゆると挿入する。

開口部で蜜《みつ》につつまれ、そのまま、濡れたあたたかい世界にぐいぐい、呑み込まれてゆく。

「あうーんっ……きつい」

多鶴夫人の身体が、弓のように反った。

そうして一瞬、ぶるぶるっとふるえた。

夫人の通路は狭隘《きょうあい》である。亀頭が奥に到着するまで多鶴夫人は何度も、大きな叫び声をあげた。

けれども、やがて香坂のものは奥に到着した。その一瞬、「うぐっ」という声が洩れて、多鶴夫人の伏せた白い背が、波のようなたわみを打った。

香坂は、雪のように白く張った臀部を抱えて、ゆっくりと結合部を深く送りこみ、打ちつけはじめた。

香坂と多鶴夫人は、いわば後背位である。

多鶴夫人の下には、来宮潤子がいて、相変わらず女同士は、シックスナインの関係を保っていた。

その贅沢《ぜいたく》な肉布団の上で、香坂がたぎり勃《た》つ肉根に自信をみなぎらせて、出没運動を加えると、多鶴夫人の背中がますます弓なりに反り、髪が激しく左右に打ちふられた。

「あっ……あっ……あっ……」

多鶴夫人の唇から、笛のような声がふりこぼれる。

夫人の柔らかい肉の通路は、しんねりとしめつけてきて、しびれが、つながっている性器から香坂の脳髄の奥にまで、突きあがってくる。

「ああん……お汁が、かかっちゃう」

文句を言ったのは、来宮潤子であった。

多鶴夫人のすぐ下で、結合部を眺める恰好《かっこう》になってクンニをほどこす来宮潤子は、顔のすぐ上でおこなわれている出没のたび、蜜液のしたたりをうけて、顔をてらてらさせて文句を言うのであった。

その潤子が、しかも白い手をさしのばして、香坂の袋や、アヌスを弄《いら》ってくれる。

香坂は、これは自制しないと、すぐに爆《はじ》けちゃいそうだな、と警戒した。

しかし、運よく多鶴夫人のほうがたちまち昇天しはじめ、

「ああっ……もう、だめ……」

腰がくずれそうになっていた。

香坂はすかさず、救いの手を差しのべ、

「じゃ、奥様……仰むけになって」

後背位の結合を解き、多鶴夫人を今度は布団の上に仰むけにさせた。

女芯《じょしん》は熱気をとどめて、むうっと女臭を放つ。

挿入した。

「ああん……またなのう」

香坂の猛りが根元まで埋まると、多鶴夫人は大きな声をあげ、香坂の男根を練り込むように、出没運動に合わせて、腰をこねくりまわしてくる。

もう今度は香坂のほうで、あまり激しい運動は、必要ではなかった。多鶴夫人のほうが勝

手に、香坂の腰に手をやり、

「あ……じっとしてて……あ……とてもいいわ」

女体を、ぴっちり充《み》たしたものの感触を、深く味わおうとするように、香坂に静止を求め、自分で男根を練り込むように腰をうごめかせるのだった。

そうしている間も、シックスナインを解いた来宮潤子が、傍から多鶴夫人に取りついて乳房を愛撫《あいぶ》したり、くちびるを貪《むさぼ》ったりしている。

香坂は、その潤子の女体のほうに手をのばし、股間をまさぐっては指を入れたりして濃密ペッティングを与えている。

「来宮君、仰むけになってごらん」

潤子を、仰臥《ぎょうが》させた。

左手の指を膣に挿入し、抜き差しする。

来宮潤子は自分の両手で、乳房を摑み、こねくりはじめた。

来宮潤子も、初めての３Ｐに夢を見てるような気分らしく、乳房への自己愛撫と、香坂の指戯だけで、たちまちクライマックスを迎えようとしていた。

二美人とも、いくらも保《も》ちはしなかった。

ほんの一瞬後、

「ああっ、いっちゃう！」

「わたしもよっ、いくっ」

ほとんど同時に、絶頂の声をあげていた。

5

——一段落した時、

「奥様ばかりでは、ずるい、ずるい。今度は私の番でーす」

来宮潤子が、多鶴夫人の裸体を押しのけて、香坂にむかって挑んできた。

「ね、わたし、騎《の》っていい？」

そう訊《き》く。

香坂は幸い、まだ発射していないから屹立《きつりつ》しており、来宮潤子のその積極果敢さも新鮮だった。

「よろしい。騎ってくれ。来宮君が騎ってくれると、ぼくは両手が使える」

香坂が仰臥すると、潤子が跨《また》がってきた。

潤子は自分の毛むらを掻《か》きあげ、お互いの性と性が結びつく位置を確かめると、香坂の屹立に指を添え、自らのしたたる性に導く。

来宮潤子は、ゆっくりとヒップをおろして、あてがい、埋ずめた。

「あああんっ……はいっちゃうよう」

　自分で入るようにしておきながら、入っちゃうよう、というのはおかしな話だが、いかにも十九歳のしたたる肉体らしい声だった。

　香坂の猛《たけ》りが、開口部でぬっちゃりと蜜に包まれ、そのまま、濡《ぬ》れたあたたかい世界に、埋もれ、底に届く。

「あぁん……社長のって、おおきい」

　潤子が派手な声をあげているのは、恐らく多鶴夫人への誇示の意味あいもあるだろう。さっきは多鶴夫人と香坂が結合する傍で、あてられてヘルプにまわっていたので、今度は来宮潤子が、仕返しをしているようなのである。

「ああ……いいっ……潤子、またイキそう」

　香坂の猛りを根元まで咥《くわ》え、来宮潤子はダイナミックにヒップを上下させはじめた。

「おい……あまり派手《はで》にやると、はずれちゃうよ」

「だってえ……いいんですもの」

　香坂も潤子に合わせて、下から腰を打ちつけている。

　来宮潤子は、自分の乳房を両手でかまうのが好きな娘だった。女芯を男に繋《つな》いでおき、両膝立ちで上半身を起こして、両手で自分の乳房を揉《も》みながら、のけぞってゆく。

　人間は、きわめて矛盾した動物である。

性行為というのは本来、秘められた世界のものであって、他人に見られるのを拒否したがる性質をもっている。

しかしそのくせ、人間は誰しも、他人のそれを見たい、覗《のぞ》きをしたい、という秘めやかな欲望を持っており、またそれが裏返しとなって、人に見られて興奮する、という思いがけない性質もある。

来宮潤子は今、多鶴夫人に見られていることで、淫《みだ》らな気持ちになっているのかもしれなかった。派手な声をあげて、奔放に動いている。

あるいは潤子だけではなく、多鶴夫人も香坂も、その肉の坩堝《るつぼ》の中で、見たり見られたり、犯したり犯されたりする巴《ともえ》関係の、秘められた欲望に昂《たか》まっているのかもしれなかった。

「お嬢さんばかりでは、いやっ」

上気した顔の多鶴夫人が、まだまだ参加したいという意志を述べる。

「そうですか。じゃ、奥様は、こちらです」

香坂は、多鶴夫人に自分の顔の上をまたぐよう、指示した。

多鶴夫人が、またいでくる。

女陰が、すぐ顔の上に迫ってきた。

香坂はそれを下から受けて、舐《な》めた。

「ああん……またよ……また感じてきちゃって、お汁が、こぼれそう」

熟女の多鶴夫人は、香坂の顔の上でヒップを振りまわし、クンニを受けながら、熱い汁をしたたらせて、呻《うめ》くように言った。

多鶴夫人の女芯《じょしん》は、さっきの交媾《こうごう》の余韻を残して、熱気をもって膨らみ、うるんでいた。あふれる透明な蜜液《みつえき》が、香坂の舌の先で猫がミルクを飲むような音をたてて、賑《にぎ》わう。

「ああ……香坂さん……あたし、変になるう」

二人の女はむかいあい、両手で肩を支えあって、香坂の腹の上で美しい薔薇《ばら》門のアーチを作った。

香坂は、自分たちが背徳の世界に没頭している、という意識で脳を焔《ほのお》のように灼《や》いて、興奮し、男根の猛りをつよめている。

それを膣深く受け入れて、上からこねくりまわしている来宮潤子が、これも正真正銘のクライマックスが近づいて、雄叫《おたけ》びをあげはじめている。

「ああ……ああ……潤子、いっちゃう」

潤子が、はじけて、反った。

ひっくり返りそうになって、多鶴夫人によって支えられている。

香坂は、その多鶴夫人の女陰に、クンニの大盤振舞いをしている。

「あっ……あっ……もう、だめっ」

多鶴夫人がイキそうになり、ヒップを押しこくってきた。

香坂は、顔を、濡れた女陰と毛むらと股ぐらに塞《ふさ》がれて、息苦しい。

「奥様……奥様……窒息しそうです」

「だってえ……だってえ……」

なおも尻を押しこくってきた多鶴夫人が、

「ああ……あたし……だめえーッ！」

突如、激しい声を響かせて、その美しい女体の中に、かすかに昇天の轟《とどろ》きを響かせていた。

香坂はそのヒップの下からやっと顔を脱出させ、ふーっと生命《いのち》拾いをした吐息をついた。

それにしても、

(満開の桜の下は、真昼でも闇《やみ》がある。深い深い背徳の闇がある……)

——香坂は何とはなしに、今夜の満開の桜のような肉宴のことを思い、そんなことを呟《つぶや》いていた。

第五章　淑女課長の秘態

1

待つほどもなかった。

香坂秀一郎がベッドに入って、煙草を一本、吸い終わるまもなく、バスルームから星野沙《ほしのさ》夜香《やか》があがってきた。

沙夜香は、元銀行OLである。

胸にバスタオルを巻いている。あまりきつくしているため、ゆたかな胸の白い双丘が撓《たわ》められて、まん中に深い谷間を作っていた。

「さあ、おいで」

香坂秀一郎は、沙夜香をベッドに引き入れると、いきなり押し伏せて、バスタオルの結び目をほどいた。頂点に疼《うず》きかえるような、苺《いちご》をのせた白い実りたちが、弾むように、ほどかれたバスタオルからあふれる。

実際、それは豊満な乳房、そのものであった。

「ほほう。予想通りじゃないか。仰むけになっていても、裾崩《すそくず》れをみせない、というのは、沙夜香の若さだね」

「そんなに大きいですかあ、私のおっぱい。……うふん」

沙夜香は胸を反り返らせて、笑う。

香坂は、上から顔をおろして、優しく沙夜香にくちづけをしたあと、右手でその乳房をたわめながら、くびりだされた野苺色の乳首に、吸いついた。

「はあん…………」

不意に口に含まれて、沙夜香はのけぞり返った。

香坂が、その敏感そうなベルボタンを、口に含み、舌であやし転がすうち、沙夜香は白い裸体にくねりを打たせて、悶《もだ》えはじめた。

「あっ、あっ…………社長、そんなあ」

両手で香坂の頭を、抱きしめたりする。

「なかなか敏感そうな、ベルボタンだね。男は、何人ぐらい知ってるんだ。ん?」

「そんなに……知りません」

「知らないことはないだろう。きみは脱ぎっぷりがいいという評判だよ。おかげでぼくは、助かっている」

そう言いながら、香坂は乳房の実りたちから下腹部へと、欲深い手を少しずつ、動かしていった。

下腹部のなめらかな豊沃《ほうよく》さの下に、草むらが繁っている。

深く、ふんわりとした若々しい草むらだった。その下の赤褐色の合わせ目は、すでにほころび開いており、二枚目の内側のびらつきが溝からはみ出し、スミレ色にねたつきの光を放って、わずかにまくれ返っていた。

指で愛撫《あいぶ》するうち、そのスミレ色の女芯《じょしん》は、ぬっちゃり、と熱いしたたりを湧出《ゆうしゅつ》させはじめる。

「ああ……そんなことされると、沙夜香、イっちゃいそう」

はやくも陶然とした顔をのけぞらせて、痴語を洩《も》らす星野沙夜香は、大手町《おおてまち》の銀行員から転身してきた新進ヌードモデルである。

高卒で縁故もなしに、一流銀行の事務職に一回でパスしたそうだから、入社試験の点数もよかったのだろうし、幸運にも恵まれていたのであろう。

その幸運は多分に、彼女の持っているチャーミングな美貌《びぼう》と、スタイルの良さと、愛想のよさが、面接試験の時に、試験官の銀行重役たちに、いたく男心をくすぐる印象を与えたからだ、と思える。

（もし……こんな女を抱けたら、いいだろうな）

（月に一回でもいい……こんな女を愛人にして、寝ることができたら、素晴《すば》らしい人生になるだろうな）

中年男たちに、まず文句なしに、そういう印象を抱かせる女、というのが、世の中にはいるが、星野沙夜香はまさに、そういう女なのである。

銀行にはいって二年、窓口係として人気女子行員になっていて、将来も保証されていたにも拘《かか》わらず、それをさっさと捨てて、ヌードモデルなどに転身したくなったのも、多分に彼女のもっているそういう危なっかしい部分と、自己顕示欲の強さだったかもしれない。

ともかく、沙夜香は転職した。

乃木坂モデルクラブに採用されて、ただ今、四カ月目である。雑誌のグラビアや、若者むけヌード写真誌などで、売れだしている。

香坂は、まだ抱いたことはなかった。これからドル箱に育てあげようとしているので、今夜、食事に誘い、それとなく因果を含めて酒を飲み、そうして最後にホテルに流れこんで、彼女自身の試食会をはじめているところであった。

香坂は、自分の顔を沙夜香の胸のあたりから下腹部へと、移してゆく。道々、旅行の唇は若々しい肌を啄《ついば》み、掌《てのひら》に吸いつくような、粘りをもつ肌の感触を愉《たの》しみつつ、眼で食べ、掌で食べ、唇で食べている、といった感じだった。

仄明《ほのあか》るい照明の下で、沙夜香の細い双の脚を大きくひらき、腹這《はらば》いに近い恰好《かっこう》になって、二十歳の秘部を観察する。

二枚の肉びらが合わさったスミレ色の膣口から、白い液が滲《にじ》み出ている。

ゆるみひらいた溝の奥に、鮮やかなピンク色の、粘膜の谷が広がっている。

風呂《ふろ》上がりの石鹼《せっけん》の香料らしい。ラベンダーの香気がする。上端の芽はフードを割って、つやつやと薄桃色の頭部をのぞかせている。

その花芽を二指の間にはさみ、はさみながら、突起物を押しころがし、撫《な》でたりした。

「あっ……ああっ……それ、いいっ」

沙夜香は、率直に快美感を口にする。

「いいか。ふむふむ……ここだな……スケベエそうなひらきかたをしているぞ。銀行女子行員時代も、新入女子行員のくせに、ずい分、やったんだろう。ん？　このぱっくりとしたひらき方は、だいぶ、男を咥《くわ》えこんだと見える……」

「いやっ、そんなこと言っちゃあ」

香坂の目の前で、沙夜香の腰がくねった。

香坂は両手で太腿をつかみ、膝《ひざ》を立てさせながら、大きく双《ふた》つに分ける。猛《たけ》りを早く挿入したいと、はやる心にブレーキをかけ、香坂はなだらかな腹に、丹念に舌を進めていった。

下腹の繁茂は深く、ふんわりと小高い丘を覆っている。

茂みの中心に、人差指を立て、円を描くようにくすぐりつつ、谷間の真珠を唇であしらう。指に絡めとられ、よじれたヘアの下から、葡萄《ぶどう》色の亀裂《きれつ》の端が、上にまくれあがってくる。

「ああ……」

と呟《つぶや》いて、沙夜香が両手で顔を覆う。

少女のように恥じらって、顔を両手で隠している。見ないで……そんなところ……と恥じらいつつ、しかし口では、

「うっ……感じるっ」

腰をふるわせて、可憐《かれん》に呻《うめ》く。

「ああん、そこ……ほじくっちゃ、いや」

両手で顔を隠しながらも、男の不届きな舌の働き具合は、敏感にわかるようだった。

「ああ……社長……沙夜香、もう、たまんない……いれて」

沙夜香の口から、ひっきりなしに声が洩《も》れていた。

香坂はのびあがり、繋《つな》ぎにはいった。

香坂の男性自身は、もう最初から雄渾《ゆうこん》であった。あてがうと介添《かいぞ》えもなしに、あたたかく、濡《ぬ》れた世界に入ってゆく。

底に届き、お互いの性と性が、深く充実させあった時、

「ああ……たまんない」

沙夜香は、もう顔から両手をはなして、シーツの海を摑《つか》み、迎え腰をつかいながら、感きわまった顔をしている。

「沙夜香……気持ちいい……社長ったら、ふとくて凄《すご》ーおい」

沙夜香はのけぞり返って、成熟しきった痴語を吐く。

香坂は、ピッチをあげた。沙夜香の内部は熱くて、ざらつくような粒立ちに富んでいる。力強く貫くにつれ、沙夜香はもう乱れはじめ、香坂もたちまち、こみあげに見舞われていた。

「沙夜香……いいのか？　出して」

「あっ……困るわ……お願い……いま、危ないわ」

(早くそれを言えっていうんだ)

わかっているのなら、最初からその準備をしておいたのに。

(膣外射精しかあるまいな)

香坂はダッシュをかけた。

香坂は、ぐいぐいと送りこんだ。

「ああん、だめっ、もうだめ……」

ほどなく、香坂の背筋を熱い矢がつらぬき、発射しそうになった。その瞬間、香坂は抜き、元銀行の窓口係の顔にむかって、どくどく、どっぴゅーんと、凌辱《りょうじょく》するように白濁液を浴びせかけていた。

2

ひと休みしている時、枕許《まくらもと》で電話が鳴りだした。

香坂はのびあがって、携帯用電話をひき摑み、半身を起こしながら、耳にあてた。

「はい、香坂ですが――」

「あ、夜分、ごめんなさーい。わたし、レキシントン靴店の村山《むらやま》ですが」

受話器から、涼やかな女の声が流れてきた。

アフターファイブにも、仕事の電話が飛び込んでくるから、携帯用電話をもつのは、良しあしである。しかし、香坂はそつなく、

「あ、これは課長。いつも、どうも――」

受話器にむかって、ぺこりと頭を下げる。

村山侑紀絵《ゆきえ》は、日本で一番大きな製靴販売メーカーである「レキシントン靴店」本社の、企画宣伝課長なのである。

香坂は時々、その本社に出入りして、ハイヒールの街頭イベントなどに、モデルを派遣し

ている。

「村山様がこんな夜間、折り入って私めに、何かご用なのでしょうか」

「ええ、ちょっと」

村山侑紀絵は、本社でまだ残業をしているところなのだという。女課長ながら、ずい分の働き者だと感心する。

村山侑紀絵によると、今年は、レキシントン靴店にとって、創立五十周年記念の年だそうである。それでこの五月から、テレビなどで大々的な宣伝キャンペーンをやるので、「ハイヒール美人」とでもいえるような、「靴の似合う、足のきれいなモデルさん」を十人ばかり、紹介してくれないか、というのがその電話の用件であった。

レキシントン靴店は、東京都内に二十店をはじめ、全国に百数十店のチェーン店をもつ、日本で最大の靴専門店なので、乃木坂モデルクラブにとっては、大口顧客のひとつである。

香坂は張り切って、

「はい、かしこまりました。早速、うちのモデルのカタログをお届けしますので、ご検討下さい」

そう言って、電話を切った。

脳裡《のうり》に、レキシントン靴店の美人宣伝課長の顔が思い浮かび、そうだ、このイベントを成功させるまでに、ぜひ、あの美人課長を陥落させよう、と早くも次の獲物にむかって意欲を燃やしていた。

3

レキシントン靴店の企画宣伝課長、村山侑紀絵は、三日後の夜の七時に、青山《あおやま》にある本社六階の会議室に香坂秀一郎を待っていた。

その夜も彼女は、残業をしていたわけである。

「失礼します」

香坂は広い会議室に入り、ドアを閉めた。

「こちらへいらして下さい」

大きなテーブル越しに女課長は、入ってきた香坂に澄んだ声をかけた。

「はあ」

香坂は楕円形《だえんけい》のテーブルをまわり、侑紀絵の斜め横に椅子《いす》をひき寄せて、腰をおろした。

「いま、見てるんですけどねえ。どれもまだ、ぴんとこないのよ。どなたか、おすすめの子はいるのかしら」

企画宣伝課長の村山侑紀絵は、その時、テーブルの上に大判のぶ厚いモデルのカタログを広げて、ページをめくりつつ、打ち眺めていた。

それは二日前に、香坂が届けていたものである。

いわば、商売用の、モデル見本であった。

「どの方も容貌《ようぼう》やスタイルは素敵《すてき》ですし、バスト、ヒップ、ウエストなどのスリーサイズも、はっきり表記されていますからね。この数字でわかるのよ。でもねえ、うちの会社が一番欲しいと思っている肝心の足許が、はっきり写っている子、少ないでしょ。これでは、困りますわねえ」

困りますわねえ、と言った時の、女課長の顔の冷たいくらいに、怜悧《れいり》な美しさに、香坂は小さく息をのんで緊張する。

「はい……カタログが不備で、申し訳ありません」

のっけから、そういう文句が来るとは、思わなかった。

「足だけのモデルの写真集というのは、ないの？」

「はい、あいにく――」

と、香坂は詫《わ》びた。

「手、のモデルというのは、化粧品会社や宝飾品会社から、結構、需要がありまして、手だけのモデルの写真はたくさん用意してございますが、足だけというのは、どうも……」

「そうねえ。ハイヒール美人の注文をだすのは、うちぐらいのものかもしれないものね」

女課長は、小さな溜《た》め息《いき》をついた。

「困りましたねえ」

「モデルの全身像や、歩く姿を映しているはずですが、これでは間に合いませんか」

香坂は、必死で営業工作をつづけた。今までは、それで通用していたのである。

「ええ、このカタログでもね。モデルさんはみんな、立ったり歩いたりなさっていますから、ある程度の、脚線美はわかるのよ。今まではそれでよかったんですけど……でも今度のキャンペーンはただの脚線美ではなく、私たち靴屋がモデルに欲している本当の足の美しさというものが、欲しいのよ」

はあ、と返事をしながら、香坂は初めて、身近に接するレキシントン靴店の、美人課長村山侑紀絵の襟あしや横顔を、どきどきと胸を弾ませて眺めた。

香坂が、村山侑紀絵に身近に接するのは、初めてである。

昼間、営業では何度か訪ねて会ったことがあるが、こうして社員が誰もいない、ひっそりした本社ビルの夜の会議室で、真近《まぢか》に見ていると、改めて冷たい美しさだと思うが、しかし、この冷たい美しさの中には、男の気持ちをそそる何かを、持っているようだ。

目鼻立ちの涼しげな、やや鋭角的な細面の顔立ちは、知的である。

髪は栗色がかったソバージュで、こまかくウェーブのかかった豊富な髪が、両の肩先に柔らかくふりかかっている。

襟許の広くあいた、白いシルクのブラウスの薄手の布地から、ベージュのブラジャーのカップがわずかに、透けて見えている。

年齢は二十八、九歳のはずだが、どこか潑剌《はつらつ》とした若さが匂っていて、香坂にはまだ、二十四、五歳にしか見えない。

「さて、あなたのご推奨のモデルさんは、この中にありまして？」

侑紀絵は、ひとくさり、難しい講釈を垂れたあと、椅子ごと身体の正面を香坂のほうにまわし、長い脚を組んでみせた。

いいモデルがいるなら、指差してごらんなさいよ、という態度であった。

女課長のスカートは、黒のタイトだが、スカート丈が短いので、白いなめらかな腿が、わずかだが覗《のぞ》いている。

彼女は、素脚にじかに、ハイヒールを履いていた。

さすがに真紅の、ケリアンのすてきなハイヒールである。

「はい。……それじゃ、恐れながら……私がハイヒールのキャンペーンにむいていると思う子は、このあたりですがね」

香坂は、三日前に抱いた星野沙夜香をはじめ、幾人かのモデルの写真を、指さしていった。

次々にめくられてゆく、女性見本市ともいうべきカタログページを眺めながら、しかし女課長、村山侑紀絵は、どれもうん、とは言わない。

「あ、その子、いいわね」

とは、一度も声がかからないのであった。

とうとう三十ページもあるカタログは、めくり終えてしまった。

それでも反応を示さない女課長に、

「そうですか。そんなに気に入りませんか」

香坂は、脇《わき》の下に冷や汗をじっとりかく思いで、揉《も》み手をした。

「いいえ、気に入らないとは言ってませんけど、どの子も足許の様子がいまいち、はっきりと摑《つか》めないのよねえ」

村山侑紀絵は、香坂の前で長い脚を組んだまま、わずかに胸を反らせて、煙草に火をつけた。

「たとえば、どのようなお足をお望みなんでしょうか？」

「そうねえ。どのようなと言われても……脚線美がすっきりしているのは当然として、ただゴボウみたいにガリで、スレンダーが良いっていうものじゃないし……踝《くるぶし》のこのあたりがね……羚羊《カモシカ》のようにきゅっとくびれていて……」

説明しつつ、村山侑紀絵は、はっと息を呑《の》むような鮮やかさで、ハイヒールをはいたままの自分の長い右脚を、すらりと机の上にのせた。

そうして自ら、踝のあたりを片手で指さす。

それから、脛《すね》の線からふくらはぎのあたりを、指でたどりながら、

「このあたりのラインもね。ハイヒールを引きたてる表情を持っているかどうかが、ポイントなのよね。そりゃ、おダイコンより、細身がいいに違いありませんが、ただ線香のようなのは困るわけでして、多少はふっくらとした、女性的なまろやかさと色気が欲しいわけで……」

きわめて難しい注文である。

「要するに、足の表情っていうわけですね」

香坂は適当に相槌《あいづち》を打ちながらも、しかしそれよりもケリアンの真紅のハイヒールをはいて机の上に投げだされている村山侑紀絵の、素敵な脚に見惚《みと》れていた。

「課長って、おきれいですねえ……すてきなおみ足をしてらっしゃる……」

香坂はそっと、右手を差しのばし、侑紀絵のふくらはぎのあたりを、撫《な》でさすった。

「あ、ほんとだ。陶器のように白くてなめらかで、それでいて餅肌《もちはだ》のようにあったかい。そうそう、表情があるおみ足っていうやつですね。どうです、いっそ課長がそのモデルになったら、いかがですか」

モデルクラブの社長としては、半ば匙《さじ》を投げたような、開き直ったような、きわめて横着な言い分ではある。

「本当ですよ。ねえ、課長。おみ足だけではなく、容姿もスタイルもいい。いっそ、うちの

モデルになっていただけませんか」

香坂は、そんなことを言いながら、ねちねちとふくらはぎの肉をきゅっと摑んだり、揉みあげたりしている。

「ああん……だめよう……何をなさるの」

村山侑紀絵は恥じらうように、あわてて長い脚をすらりと、机の下に戻した。

その瞬間、黒いタイトスカートの裾《すそ》の隙間《すきま》から、太腿の奥の内股がちらっと見えて、黒いパンティまでが覗《のぞ》いたので、香坂はいっそう、心を躍らせた。

大脳皮質に性的信号を受けると、香坂の頭は俄然《がぜん》、はたらく。

(そうだ、女課長をオトすには、これに限る)

「課長、ねえ。いじめないで下さいよ」

香坂は突然、椅子を引き、赤いカーペットが敷きつめられた会議室の床に坐り込み、いきなり床にぬかずくようにして、深々と頭を下げた。

「この通り、お願いしますよ。そのカタログの範囲で、何とか課長のお好みのモデルを選んで、採用していただけないでしょうか」

村山侑紀絵は、さすがに驚いたようである。

乃木坂モデルクラブの社長が、レキシントン靴店の女課長の自分にむかって、恥も外聞もなく、ひれ伏したのである。

そこまでモデルクラブの社長をいじめるつもりはなかったのか、

「いやだわ……香坂さん。お願い……土下座だけはおやめになって」

香坂の肩に手を、差しのばしたりする。

香坂は内心、ニヤリとしながら、

「いや、やめません。村山課長のようなすてきな美人に、剣もほろろに断わられては、ぼくの立つ瀬がありません」

香坂の作戦は、単にモデルの人入れ稼業に成功するために、わざわざ赤いカーペットに両《りょう》膝《ひざ》をついたのではない。

香坂は突然床を這《は》って、侑紀絵の組まれた脚の足首を、両手で捧げもつようにすると、ケリアンの真紅のハイヒールごと、彼女の足の甲を舐《な》めまわした。

「あっ……そんなあ……」

村山侑紀絵は、明らかに動揺していた。

香坂は、なおも足首を握って、ハイヒールの匂いを嗅《か》ぎながら、足の甲から踝の裏までねちねち、舐めまわした。

世の中には、ハイヒールに淫《いん》するフェチストが多い。精神分析学者に言わせると、ハイヒールは膣と男根を象徴しているのだそうである。

靴の穴、即《すなわ》ち足を入れるところは、女性の膣を想像させるというし、硬くて高い踵《かかと》や鋭くて尖《とが》った靴先は、男性のしるしを象徴しているというのである。

普通の、健康な人がそこまで解釈するかどうかは別問題だが、世の中にはたしかに靴に淫する、いわゆるフェチズムの中の、「靴フェチ」が多いのは、事実である。

十八世紀フランスの流行作家、レティフ・ド・ラ・ブルトンヌが異常な靴マニアだったことから、靴フェチズムのことを、レティフィズムと呼ぶこともある。

香坂は別段、フェチズムの趣味があるほうではない。しかしハイヒールの内側の蒸《む》れた匂《にお》いと、ハイヒールを脱いだ時の、女性のストッキングの足裏から匂う、皮革と汗の蒸れあったようなあの匂いには、いたくそそられる。しかし今は、いきなり侑紀絵の靴を脱がせて、足裏を舐めるわけにはゆかない。

村山侑紀絵は何しろ、日本で一番大きな靴製造販売メーカーの企画宣伝課長なのだから、ハイヒールはあだやおろそかに、脱がしてはならないのである。

香坂は、赤いハイヒールを大事に捧げもって、足首のあたりから足の甲を、なおも犬のように、舐めまくった。

「ああ、おやめになって……気持ち悪いこと」

「課長はきれいな素脚です。長くてすんなりと伸びやかで……それに、腿のこのみずみずしい肉感性……」

香坂は、侑紀絵のふくらはぎから這いのぼって、太腿部に近いあたりまで、唇を這わせていた。

「ああ、やめてっ」

侑紀絵は、組んでいた脚を解いて、椅子《いす》の背凭《せもた》れに上体をあずけて、うっとりと両脚を閉じる。

すんなりしていながら、肉感性のある両の素脚がいまやハイヒールをはいたまま、香坂の膝の上に預けられており、香坂は一本の脚だけ高く差しあげながら、膝の裏から太腿の奥へと、さらに唇を這いすすめている。

男の両手に握られた片足のハイヒールの爪先《つまさき》が、今や天井をむくほど高く差しあげられているので、黒いタイトスカートはひとりでに、太腿のつけ根までまくれあがり、双脚の間がはっきりと見える。

シースルーの黒いパンティが白い股の間で、黒毛と割れ目を包んでむうっと、女の熱帯のたぎりを隠しているように見えた。

4

「ああ……ああ……何ということをなさっているの」

女課長は、今や、周章狼狽《しゅうしょうろうばい》のきわみである。

香坂はますます、局面をすすめることにした。

香坂は、侑紀絵のうっすらと脂をひいたような、白い双腿の狭間《はざま》にくいこんでいる彼女のレースの黒いパンティを眺めて、ごくりと唾液《だえき》を呑《の》み込みつつ、自らの男性自身が猛《たけ》りたつのを覚えている。

成熟した女の脂肪光りした太腿部の眺めは、むんむんするほど悩ましい。

「ああ……だめよ」

侑紀絵は、椅子の背凭れに上体をあずけて、今やすっかり眼を閉じて、ちいさな声で香坂を咎《とが》めた。

だが、声はだんだん、かすれて弱々しくなっていた。

香坂は、黒いレースのパンティの上から、割れ目を指の先でなぞりたてた。毛がはみだしてみえるレースの編み目ごしに、肉びらの合わさった割れ目が覗《のぞ》き、そこの布地はじきに、じとっと湿ったぬめり気を伝えてきた。

「ああ、いけないわ。何をなさってるの」

香坂は、パンティの端を片寄せて、指を肉びらのほうに入れた。

「やあんっ……」

くぐもった声が洩《も》れたが、女課長は文句を言わなかった。

香坂は、レースの黒いパンティのゴムの部分に両手をかけた。下にずり下げて、脱がそう

とすると、

「あっ……だめっ……いけないわ」

美人でしとやかな企画宣伝課長は、恐慌をきたしたように、腰をねじった。

でも、それでかえって香坂は、パンティを腰から一気に引き下げて、ヒップから脱がせてしまった。女課長が抗《あらが》うように腰をねじった拍子に、彼女のヒップが椅子から持ちあがったからである。

「ね……香坂さん、いけません」

宙をかきむしるように喘《あえ》いでいた右手の腕がゆっくりと動いて、香坂の手を咎《とが》めにかかる。

香坂はかまわず、パンティを引きおろして右側の足首のハイヒールのところに、引っかけたままにしている。

香坂はそのまま、双脚を押し広げ、股の間に入って黒い茂みの奥に顔を寄せた。

「ああっ……何てことなさるの」

香坂は、侑紀絵のタイトスカートを、さらにたぐりあげておいて、黒々とすこし縮れて密生した恥毛のむらがりをかきあげる。

顔を寄せて、覗いた。

赤黒い二列の外陰唇のふくらみが、ねとつくような暗い光を放って、うごめいている。

女臭はあまり、きつくはない。

濡《ぬ》れた外陰唇におおわれた秘裂のあわいから、ややよじれた暗褐色のとても大きくて厚ぼったい内陰唇が、肉びらとなって外側にはみ出ていた。

「……ずい分、腫《は》れてますねえ、課長の花びらって。きれいなおみ足に似合わない使い込みようの淫《みだ》らさだ。このびらつきの色もほらほら、だいぶくすんで……」

香坂は、ふうっと息をかける。

「ああっ、やめて」

葡萄《ぶどう》色の、よじれた肉びらが、香坂の吐く息に打たれて震え、秘裂にうるみが湧《わ》きだす。

「ね。香坂さん。お願い、やめて」

侑紀絵は、もうほとんど死にそうな声になって、一方の手で香坂の肩を押しのけたりもするのだが、明らかに昂奮《こうふん》していて、手はただ、マヨネーズのようにくねくね、動くだけである。

香坂が息を吹きかけるたびに、秘肉と秘肉のあわせ目からうるみをひろげ、香坂によってひらかれた白い双の内腿を、ぴくぴくと反応させる。

香坂はさらに顔を寄せ、溝からはみだしてよじれあった二枚の内陰唇のはざまに舌を差し入れ、左右にまくれ返るほど、強く舐めあげた。

椅子《いす》に腰をおろし、いまや両脚をしどけなくひらいた侑紀絵のむきだしの、腰の肉に強いわななきがはしった。

「ああ、舐めないで、そんなところ」

「ここを舐められると、感じるんですか?」

「感じてなんかいないないわよう……そんないやらしいことに感じるわけが……ないでしょう」

「はてさて……そうですかね」

香坂は、はみだした二枚のよじれた内陰唇ごと、侑紀絵の女の割れ口を指でひらいた。

スミレ色の膣口の肉びらの奥から、鮮やかな薄桃色の粘膜の起伏があらわになる。

それを、口で吸った。

「わあっ！」

侑紀絵は、椅子の背凭《せもた》れにあずけた白いブラウスの上体を反らせて、うめいた。

「ね、ハイヒールの足をぼくの肩にのせませんか？」

「わたくしを、これ以上、ふしだらな女にさせようというの？」

「いえいえ、女課長を女王様にさせようというんですよ。……さ、ハイヒールのおみあしを、ぼくの両肩にあげて」

いやあん、と一度、激しく首を振りたてたあと、

「わかったわ。香坂さん……それじゃ、あちらのソファに移りましょうよ」

5

意外にあっさりと、香坂の提案は実現した。

村山侑紀絵のほうこそ、進んでソファに戦場を移すことを、提案したのである。

香坂と侑紀絵は、その会議室の両側にある広い応接ソファに移った。移りついでに、村山侑紀絵はバッグから、黒いシームレスストッキングを取りだし、双脚にそれをはいて、赤いケリアンのハイヒールを履き直した。

ストッキングは、ガーターである。

ひきつづき、スカートを腰までまくりあげると、黒毛のあたりから女性自身は、丸だしになった。

村山侑紀絵は、その感興に乗ってきた。

ソファの背凭れに、深く腰を沈め、

「お舐《な》め」

黒いシームレスストッキングをはいたすらっとした片足を突きだして、侑紀絵は赤いハイヒールの爪先を、香坂の顔の前に差しだしてくる。

「は……はい。女王様……」

香坂は床に這《は》いつくばるようして、改めてそのハイヒールの足を両手で押しいただき、爪先から舐め直しはじめた。

香坂はその脚を捧げもつと、そのまま、ふくらはぎから、太腿の奥まで舐めあげ、ふたたび、秘部をあからさまにする。

侑紀絵は、双のハイヒールを、香坂の両肩に乗せてきた。ますます、秘部が露《あらわ》になる。

香坂は、花弁にくちづけをした。

「あんっ……」

女体がのけぞって、震える。

びらつきの中央を、ぺろりと舐めあげる。

とろみのある流れが、甘美に舌に触れる。

その蜜《みつ》を上端の肉の芽になすりつけると、

「あーっ」

村山侑紀絵は、びっくりするような声をあげて、上体をわななかせた。

侑紀絵のクリトリスの芽だちは、実に大きい。香坂は顔をはなすと、指を動員してそのクリトリスを捏《こ》ね、それから下べりをぐっと押しつつ、膣に挿入した。

「ああんっ……」

指をゆるやかに、出し入れする。

「あっ……あっ……あっ」

佑紀絵は、小さく叫んだ。

まるでもう、男に挿入されたような反応である。

ハイヒールをはいたままの女が、隠しどころの毛むらを丸出しにして、欲情の器官を男に明け渡しているすがたは、何といっても男ごころをそそるものである。

香坂は早くも、勃《た》ちすぎてズボンの中で、痛いくらいである。

「ケリアンの女王様、ぼく自身を取りだしてよろしいでしょうか」

「いやあん……聞くものじゃなくってよ、そんなこと」

香坂は身を起こし、股間のファスナーを引いて先刻から痛いほどみなぎっていた男の尊厳を、つかみだした。

村山佑紀絵は、ズボンの間から露呈された香坂の赤黒い肉根に、眼を丸くした。独身女課長にとっては、たしかにそのような姿勢での、至近距離からの眺めは、強烈すぎたのかもしれない。

「香坂さんのって……おおきい」

そう言ったきり、卒倒してしまった。

ソファの背凭れに引っくり返った独身女課長の双脚を、なおも肩にあてがい直し、香坂はカーペットに膝立《ひざだ》ちして、ひらかれた佑紀絵の肉びらに、勃起《ぼっき》した先端部をあてがい、ぐっとすすめる。

「ううっ！」

その衝撃で、侑紀絵が目をさました。

「ああ……香坂さんったらあ……もろに見せるんだものう……侑紀絵、卒倒しちゃうわ」

「女王様……もっと奥へ、入れて欲しいんですか。それとも、入れて欲しくないのですかね」

「奥まで、ちょうだーい！」

女課長は、自分でいそいそと、両手を自分の太腿の後ろにあてがい、両脚をもちあげるようにして、女芯《じょしん》をひらき、せがんだ。

香坂はその瞬間をめがけて、ぐぐーっと巨根を奥へ、突き入れた。

「ああっ」

激しくのけぞる。

そのまま、香坂は深く突き入れた。

溢《あふ》れる蜜液《みつえき》でぬかるみのようになった大小の秘唇の狭間《はざま》に、男の肉塊が半ばまで埋まり、膝立ちの姿勢で、香坂は二往復させたあと、奥底までぐいと埋ずめ込んだ。

「ひいっ……きつい」

両手でソファの背凭れを引き摑《つか》んで、侑紀絵は、快楽に歪《ゆが》めた顔をのけぞらせた。

香坂は、ヒップを摑んで、動きだした。香坂の体動につれて、侑紀絵の呼吸が荒ぶってゆく。

香坂は、眼の前でゆれる真紅のハイヒールが、何ともなやましい。両手で双の足首を摑むと、左右をくっつけたり、また大きく開いたりした。

ヨーロッパではこれを、アコーディオン体位というのだそうである。

アコーディオンのように、赤いハイヒールを左右に開縮するからである。

そうやりながら、パレモア・ダムール……と相手の女に囁《ささや》くと、それはもうたしかにどこやら、アコーディオンで聴くシャンソンの香りがする。

「やだあっ……わたし、アコーディオンじゃないわよう」

あまり遊びに熱中しちゃ、いやっ……と、独身女課長に叱《しか》られたので、香坂は今度はまた、大いにまじめになり、侑紀絵の両足を肩にかついで、前傾し、女体をふたつ折りにした。

そうしておいて、ぐいぐいと送り込む。

「あっ……あっ……いくっ」

香坂は、侑紀絵のヒップを抱えた。持ち抱えるようにして、溶けくずれた侑紀絵の肉の祠《ほこら》をゆるやかに突きまくった。

「あう……きつい……ずっとしてなかったのよ……ああ、いいっ……こんな気持ちのいいこと、ずっと忘れていたわ……」

「え？　ずっとしてなかったって、本当ですか？」

「ん……本当なのよ……わたし、四年前に婚約者に死なれちゃって、そのまんま、結婚しなかったんだもの」

レキシントン靴店の美人課長が、独身であることは知っていたが、四年前に、婚約者が亡くなったということは、初めて聞いた。

そういうことなら、この冷たいくらいに美しい女課長も、可哀想《かわいそう》な女なのかもしれない。

そうして内心、男を欲しがっていたのかもしれない。香坂がレディ・キラーであるという噂《うわさ》は、かなり広まっている。

(それで……夜の会議室に、一人で居残って、おれを取っちめようとした今夜の段取りは、案外……案外……下心があったのかもしれないぞ)

香坂は、ぐいぐいと抜き差しをした。

通路の奥の、ねっとりした肉の袋に粘りと蠢《うごめ》きが発生し、香坂を酔い心地にさせた。

「ね、さわってごらん」

香坂は、侑紀絵の手を結合部に導いた。

侑紀絵は恐る恐る、毛むらと毛むらの間の、太い柱にふれた。

「わあっ……ふとい……ぬるぬるしてるわ」

「ね、そのぬるぬるとしてるのは、課長の本気汁です」

「ああ……やだあ、本気汁っていうの、これ」

香坂が、さらにぐいぐいと、胎内を突きまくるにつれ、

「いく――っ、香坂さん、いくっ」

独身女課長は、とうとう最後の言葉を発し、きりきりと香坂を膣で喰いしめてから、腰をぶるっ、ぶるっと震わせ、頂上に達した。

香坂は、収めたままにした。

絶頂の後産《あとざん》のような、侑紀絵の内部のひくつきを埋ずめたままの巨根で、しばらく味わったあと、やおら、引金を引いて、どくどくと浴びせた。

――その五月、レキシントン靴店の創立五十周年記念セレモニーが成功し、その宣伝キャンペーンに香坂のところの、乃木坂モデルクラブのハイヒール美人たちが大活躍したのは、いうまでもない。

第六章　失神女優の秘密

1

思ったより早かった。

バスルームから出てきた水城蘭子《みずきらんこ》は、生まれたままの姿だった。

湯上がりでもバスタオルを必要としないほど、若い肌は威勢よく水滴をはじいてしまう。

ほんの心持ちだけ、胸にあてていたバスタオルをはずすと、水城蘭子は胸を反らせて、

「見て」

と、言った。

「私のヒップライン、崩れていない？」

立ったまま、くるっと身体を一回転させる。

形よく盛りあがった乳房は、まだ硬めの豊満さをみせているし、ウエストは蜂《はち》の胴のよう

にくびれていて、何よりもヒップの丸みがまろやかで充実している。

「いいや、どこにも崩れたところはないよ。蘭子は二年前のデビュー当時より、ずっといい身体になってきたみたいだ。二十一歳の誕生日おめでとう。さ、こっちにお坐《すわ》り」

乃木坂モデルクラブの主宰者、香坂秀一郎は、そう言って蘭子を手招きする。

ガラスのテーブルの上に、二十一本の蠟燭《ろうそく》をつけたケーキがのせられている。蘭子が風呂《ふろ》からあがってきたら、それに火をともしてお祝いするつもりなので、まだ火は点《つ》いていない。

よく冷えたワインボトルやグラスも、用意されていた。

蘭子は風呂あがりの身体に、肌が透けて見えるようなキャミソール一枚をつけてやってきて、香坂の傍《かたわ》らに坐る。

「わあ、海が見えるのね、ここ。あぐらをかいてバースデー・ワインを飲みながら、のんびり海を眺められるなんて、蘭子、最高よ！」

「まず、キスをしよう。二年ぶりの蘭子とのデートだもんな」

香坂が抱き寄せると、蘭子は柔らかく腕の中に崩れ込む。

蘭子の肌は、どちらかというと、小麦色だ。下腹部の繁みも剛《こわ》い短毛がなびいていて、強い光沢をはじいている。そこは湯上がりのため、毛むらの中にうっすらと水滴を結んで、その水滴が真珠のように煌《かがや》いていた。

香坂は接吻《せっぷん》しながら、繁みの下に指をのばした。

若い花びらには、豊潤な愛液が湧《わ》いていた。香坂は亀裂《きれつ》の上べりに潜んでいる肉の芽に触れ、秘唇を指で耕したりしながら、二年ぶりに触れる蘭子のそこの部分の感触を、懐かしそうにたしかめている。

「ああん、だめよう……のっけから、そんなことをしたら、蘭子、ほしくなっちゃう。ねえ、ワイン冷えてるわ。愛しあうのは、あとにしましょう」

だだっ子をなだめるように、そう言いきかせる言葉にも、二十一歳とは思えない大人びた感じがあり、ひとまわり以上も年上のはずの自分が、香坂はその一瞬に関していえば、まるで子供になったような気がする。

「さ、乾杯しましょう。蘭子の誕生日のために」

「いいねえ。今日は仕事のことを何も考えずに、海の見える部屋で、蘭子とバースデー・セックスができるんだ」

香坂は、蠟燭に火をつけた。

蘭子がワインの栓を抜いた。

二人はなみなみと注ぎあって、乾杯した。

そこは熱海《あたみ》の少し東側、伊豆山《いずさん》の崖《がけ》の高台にあるリゾートマンションの一室である。窓外の眼下には、壮大な海が広がっている。

海はいま、冬の午後だ。どこまでも、鴇色《ときいろ》にきらめいている。その海にむかって、二人はカーペットの上にあぐらをかいていた。ガラスのテーブルも座卓なので、視界を遮《さえぎ》るものは一切、なにひとつなかった。

今、香坂秀一郎と飲んでいる水城蘭子は、乃木坂モデルクラブのドル箱スターの一人である。スターといってもテレビに出ているわけではない。ファッションモデルや写真モデルでもなかった。アダルトビデオのほうで稼ぎまくってくれている売れっ子の本番失神女優なのであった。

失神女優、というのは決してキャッチフレーズや、誇張ではなかった。本番中に時々、本当に蘭子は、失神してしまうくせがあった。性的感受性が人並みはずれて強く、恵まれており、いわゆる「よがりだしたら止まらない」体質なのである。

要するに、男が好きなのであった。

淫乱《いんらん》すれすれ、といっていいほど、セックスが好きで好きでたまらないのである。またそういう体質でないと、アダルトビデオの本番女優などつとまりはしないし、また勤まっても、大成はしない。

香坂秀一郎がこの蘭子をスカウトしたのは、ほんの偶然からだった。二年前の六月ごろ、香坂が世田谷《せたがや》の友人の家に行っての帰りがけ、信号待ちの横断歩道に差しかかったあたりで、急に雨が降りだした。

梅雨時《つゆどき》だったので、香坂は傘をもっていた。タクシーを拾うつもりだった。急な雨のせいか、信号待ちをする人々の中に、傘を持っている者は少なかった。

ハンカチを頭にのせたり、鞄《かばん》や週刊誌を頭の上にかざしたりしている人が多い中で、一人だけ頭から濡《ぬ》れている背の高い女の子がいた。

「濡れますよ」

香坂は、傘を差しかけた。

「あら、すみません」

女は一応、礼を言ったが、警戒しているようだった。

信号が青になった。一緒に歩きはじめた。後ろから見た印象だけでも、スカートからのびた双脚がすらっとしていて、スタイルが抜群によく、身長も充分にあったので、香坂はモデルの話を持ちかけたくて、うずうずしていた。

歩きながら、さりげなく顔を見ると、顔も個性的美人で、実にいい。

「どちらまで?」

「駅の近くです」

「あ、そう。ぼくもそちらです。近くまで送りましょう」

一緒に歩いたが、女はほとんど口をきかなかった。見知らぬ男の親切を明らかに迷惑がっているようなところがあった。

百メートルほど歩いたところで、女は次の角を曲がるのだと言った。香坂はその路地を入って住宅街の中まで送っていった。

「私の寮、ここなんです。どうもありがとうございました」

女がお辞儀をして、雨の中を駆け込んでいった敷地は、大きな病院の裏側にあたる敷地であった。その少し先の木立ちの中に、城南《じようなん》病院看護婦寮、という建物が見えた。

女はその中に駆け込んでいったのであった。

(そうか、看護婦だったのか。それにしても、いい女だったな)

香坂はますます興味をもち、次の週、仮病を使って城南病院を訪れてみた。

運よく、内科の外来に彼女はいて、

「あら」

と顔を憶《おぼ》えていてくれた。

胸のネームプレートで、水城という名前を知ったので、もうしめたものである。翌日、寮のほうに電話を入れ、彼女の非番の日を聞きだして、銀座で食事に誘いだすことに成功したのであった。

最初から思いっきり、パンチを浴びせるように、豪華なレストランで豪華なフランス料理を奮発した。

香坂の名刺をみて、

「まあ、モデルクラブの社長さんですか？」

興味深そうな眼をむけた。

「そうだよ。ま、中小企業に毛が生えたようなモデルクラブだがね。きみ、モデルにならないかね？」

いきなり誘いをかけた。

「えッ、わたしがァ？」

女は驚いた。けれども、満更《まんざら》でもなさそうな表情があったので、香坂は熱心に口説いた。

水城蘭子はその時、高校を出て世田谷のある総合病院に付設されている准看学校に通いながら、病院の見習い看護婦をしていた。まだ十九歳で、一人前の看護婦になっていたわけではなかった。

「そりゃさ、せっかく看護婦になって、世のため人のために役に立とうとしているきみの気持ちをフイにするようで、心苦しいがね。きみなら絶対にモデルになって成功するよ。金にもなる。な、ぼくに委《まか》せてくれないか」

蘭子はしだいに、眼を輝かせてきた。

「看護婦は別に、理想をもってやってたんじゃないんです。大学にゆく頭もお金もないし、専門学校を出れば一生、食いっぱぐれがない看護婦なら、一番安心だろうと思って、看護学校に行っているだけなんです。……そりゃ、モデルになれたら最高だわ」

「金は欲しくないかね？」

「欲しいです。いっぱい」

「じゃあ、モデルよりビデオがいいかもしれないな。アダルトビデオなんかに、出る気はないかね？」

看護婦あがりの本番女優……というキャッチフレーズが何となくその時、香坂の脳裡《のうり》に閃《ひらめ》き、当たりそうな予感がして、香坂はそちらに水をむけてみた。

すると、怖気《おじけ》づくどころか、

「モデルよりビデオのほうが面白そう。男の人と寝るだけで、女優って呼ばれるんでしょ」

「ああ、そうだよ。その上、大金が転がりこむ」

「やってみたいけど……私に出来るかしら」

「きみなら出来るよ。男ぐらい、知ってるんだろ？」

「ええ……少しなら、知ってます」

「じゃ、大丈夫だ。誰だってやってることなんだから」

翌週、注文が来ていた「暁《あかつき》プロダクション」の監督に引きあわせたところ、凄《すご》く気に入ってくれた。看護婦あがりの本番女優を地でいって、「看護婦シリーズ」なるものを、三本撮ったところ、いずれもそのビデオが大当たりで、半年もしないうちに水城蘭子はその世界では、ちょっとした売れっ子になってしまったのである。

「凄いの何のって、あの子ったら、男と絡んだら最後、スッポンみたいに放しやしないんだぜ。いくらストップかけても、失神するまでやりまくるんだ。ありゃ、ド迫力だよ。淫乱《いんらん》だよ。ビデオ、売れるはずだよ」

寺西《てらにし》監督がすっかり惚《ほ》れ込み、呆《あき》れはてて言うくらいに、水城蘭子は今や出演ビデオの本数も三十本。押しも押されもせぬ「大女優」になったのであった。

おかげで、香坂が主宰する乃木坂モデルクラブは、蘭子の上前をはねることができ、不況知らずである。そういうこともあって、ドル箱スターに何かお礼をしようと思い、年あけ早々に、

「きみの誕生日、たしか五月十六日だったね。誕生日に、何か買ってあげようか」

香坂がそう水をむけると、

「わたし、海を見たい」

——ポツンと、蘭子がそう言ったのである。

「え？」

「一日中、海を眺めてお酒のんで、ボケーッとする。そんな時間と場所が欲しいなあ」

水城蘭子は、そんな大人びたことを言った。

何かプレゼントしてくれるのなら、海を眺めてぼんやりする時間をプレゼントして下さい、という言葉には、それなりの切実性があった。

売れっ子になると、ただでさえ忙しい。ビデオの本番女優は、大勢のスタッフの眼の前で男と絡むシーンを撮影しつづけるので、異常な緊張感と、性格のねじれをきたしやすい。その反動から、時々はボケーッとしなければ、身体の中に何かしら、どろっとした澱《おり》のようなものが溜まってゆくのだという。

蘭子の心情、よくわかるところである。

「よしっ、それじゃ、ぼくの知っている伊豆山のリゾートマンションにゆこう。そこは海岸すれすれの高台で、窓をあけると一面、海が見える。そこで蘭子の魂のオーバーホールをして、二人だけのパーティをやろうじゃないか」

そう言って、香坂は水城蘭子と連休あけの五月中旬の土曜日、車で伊豆山にやってきたのである。

2

——海は、陽が翳《かげ》ってきた。

雲間から射す鈍い午後の陽射しに、海面の漣《さざなみ》がキラキラと輝き、鰯《いわし》の大群の背びれのように遠い沖までひしめき渡ってゆく。

ワインボトルが半分、空《から》になっていた。

蠟燭《ろうそく》が燃え盛っている。

香坂と蘭子はいい気分になり、二人の少年少女のように、肩を寄せあってボケーッと海を眺めていた。

「あの島、何というの？」

蘭子が正面に見える島を、指さした。

「ああ、あれは初島《はつしま》というんだ。遊園地や釣り場がある。熱海や伊東《いとう》から船で渡るんだけどね」

「ふーん。私、あれが伊豆大島かと思ったわ」

「伊豆大島はもっと遠いよ。ほらほら、遠くの水平線上にぼうーっと霞《かす》んで浮かんでいるやつ、あれが伊豆大島なんだよ」

そんなことを教えながらも、香坂の心は海上地理などにあるのではない。肩を寄せあっているこの水城蘭子に関して、知りたいことがある。それは彼女がなぜ、失神するほどセックスが好きかということである。

世田谷の看護婦寮の近くで声をかけた時、それほどの印象はなかった。ビデオのプロダクションに送りこむ時に、一度だけ抱いた時も、敏感な体質や処女でないことはわかったが、悶絶《もんぜつ》したり、失神したりするほどではなかった。

蘭子は先天的に淫乱体質なのだろうか。それとも、ビデオに出てたくさんの男とセックスするようになって、彼女の中に眠っていた牝《めす》の部分が目覚めて、けだものじみた様相を呈してきたのだろうか。

珍しい熱帯の果実でも賞味する前のような期待に胸を膨らませつつ、蘭子の体質の変化を確かめるには、二年ぶりに寝てみるのが一番だな、と香坂は考えている。

「今日はもう、男なんかに触りたくないだろう」

唐突に尋ねると、え？　と顔をむける。

「セックス……」

「ううん、そうでもない。香坂社長となら、やってもいいわ」

「ぼくは、無理に抱かなくてもいいんだよ」

「蘭子、抱いてほしいもの。社長とは、ずっとしてないわ」

「じゃあ、ベッドにゆこうか」

「ベッドは、いや。——このままでいいわ。海のみえるこのカーペットの上で、して」

「ほほう。カーペットセックスか。それもいいね」

香坂は飲みかけのグラスを傍らに置くと立ちあがり、部屋の隅に歩いていって、裸になっても寒くないよう、部屋の暖房を「強」にして蘭子のところに戻り、風呂《ふろ》上がりのガウンの下にはいていたブリーフを脱いだ。

さあ、楽しむぞ、という気分だった。ゆらぎを打って、そそり出た硬直をみて、蘭子は熱い吐息を洩《も》らした。

「社長のって、いつも、太いわ」

キャミソールを着たままの蘭子は、心持ち身体を横むきにしてぼうっとかすんだような眼で、香坂の股間のものを見ている。

香坂は、勃起《ぼっき》した股間のものを揺らしながら、蘭子のわきに中腰になり、両肩を抱くと接吻《せっぷん》しながら、二人、折り重なりあってカーペットに倒れこむ。

座布団がわりに敷いていた円型マットを枕《まくら》にして蘭子の頭の下にあてがい、くちづけをしながら、キャミソールの上から豊かなバストのふくらみに掌をかけ、指を立てて揉《も》みたてる。

「ああん……」

蘭子はやるせなく息を弾ませはじめ、上体を悩ましげにくねらせる。

「ぼくのものをさすってはくれないのか？」

「だって今日は、お仕事じゃないんですもの。男の人に抱かれるままでいたい……舟のように揺れていたい……」

そう言いながらも、蘭子はしかし右手を香坂の腰に這《は》わせて、男のふといみなぎりをつかんできた。

先端部の膨らみを輪にした指先で弄《いら》い、こすりたてる。

「おおっ、いい……」

香坂はかすれたうめき声を洩らしながら、蘭子を抱き寄せ、いとおしそうにぐいぐい唇を重ね直した。

蘭子は眼を閉じて、開いた唇の間から細い舌を突きだすようにして、香坂の舌の動きに応じている。

うねうねと舌の先に絡む蘭子のぬめりの強い細い舌のそよぎが、刺激的である。

香坂は不意に半身を起こして、蘭子のキャミソールを脱がせた。濃紺のカーペットの上に現われた小麦色のぬめらかな裸身が、鮎《あゆ》のようにうねりを打って、男の情感を誘う。

香坂は蘭子の下腹部の毛むらを摑《つか》み、それを掻《か》きあげておいて、下の女の熱帯にずっぷりと指を突き埋める。

「こら、白状しろ」

不意に、そう言った。

潤《うるお》いにまみれていた秘唇は、中指の根元まで呑み込み、粒立ちの多い秘孔《ひこう》内の感触がうねくりたつ。

その熱帯に埋もれた指を、捏《こ》ねまわしつつ、

「こら、……蘭子、白状しろ。今まで寝た男で一番良かった男は、誰だ？」

「ああン……何てこと聞くのう」

蘭子はのけぞって、喉《のど》を鳴らした。

「誰が一番良かったか、それを言え」

「そりゃ、香坂社長よ……私を見いだしてくれた香坂さんが一番、良かったわ」

「うそをつくな……こいつ、こいつ、監督ともやったんだろう」

香坂は乱暴に蘭子の裸身をかき抱くと、ぷりぷりした若い乳房に顔を寄せ、その芳香性のある乳輪の匂《にお》いを嗅ぎつつ、頂点の苺《いちご》を、ちょっときつめに吸い込んだ。

「あーっ、だめええ。わたしのお乳、感じすぎるのよう」

「どこもかしこも感電体じゃないか。蘭子は」

香坂はもう一方の乳房も吸いたてた。蘭子は息をつめて、のけぞった。

「社長ったら、今日はなーんか変よ。蘭子をいじめるために誘いだしたみたい。蘭子、仕返ししてあげる。さあ、仰むけになって」

蘭子は、口唇愛を振舞おうとしている。

香坂はわき起こる期待を抱いて、仰むけになった。

蘭子は全裸の身を折って、かしずいてくる。

香坂は久しぶりの、売れっ子女優に思う存分、奉仕させて、その秘戯を堪能《たんのう》しようと、見事な猛《たけ》りを彼女の眼に晒《さら》していた。

元看護婦は顔を寄せ、分身を押しいただくようにして、唇にふくんだ。

男の中心部を両手に捧げもって、口唇愛を振舞う女性の、たおやかな背中からヒップへの肉の線というものは、なぜか男の気持ちをそそりたてるものだ。

ある種の弦楽器の共鳴胴のように膨らんだり、くびれたりしているウエストやヒップの丸みが、香坂を悩ましい気分にさせた。

その上、絶妙の口唇愛戯である。

若々しく猛るスティックにフェラチオをつづける蘭子の口のなぶりや含み、舌の戯れ、喉《のど》奥《おく》への吸引などによって、

「おおーっ、おおーっ」

と、香坂は至福感を感じた。

腰を下から、突きあげもする。

「あうんン……」

蘭子の頭がはねる。

美人看護婦を凌 辱《りょうじょく》している感じに、仄暗《ほのぐら》く酔う。

射精感とはまた違った、放逸な至福感に酔って、香坂はえげつないお返しを思いついた。

「蘭子、さあ今度はおれだ。仰向けになれ。シックスナインをやるからな」

そう言っておいて身を起こし、香坂は蘭子の伸びやかな肢体を、その肉感性ごとカーペットの上に押し倒して、腹の上にいやらしく這《は》いあがる。

腰をねじる蘭子の双の腿を、香坂は押しひらく。

上体を逆さにし、覗《のぞ》き込むようにして、両手で下から双の大腿部を抱え込んでおいて、さらに大きく彼女の下肢をひろげる。

葡萄《ぶどう》色にぬたつく二枚の内陰唇が、一センチあまり外側にまくれ出ていた。

その赤く爛《ただ》れたようなぬたつきの光を放つ二枚の肉びらに押されて、盛りあがった外陰唇の肉の畝《うね》が、すき焼きの残り肉のように脂光りしている。

そうやって至近距離で眺めて感心したのは、蘭子の場合、もっとも特徴がある点として、上べりの女の塔の著《いちじる》しい発達である。

見た目には、赤い真珠の玉を嵌《は》めこんだようなそれが、舌の先で転がし、口に含んでしゃぶりたてると、口の中でぷっくりと、赤いオリーブの実でもてあそんでいるように大きく膨らむ。

きわだったそのクリットを、香坂の口の中に入れられた瞬間から、蘭子は激しく乱れはじめた。

両手でカーペットの毛ばだちの海をねじ摑《つか》み、床から盛んに捏《こ》ねあげるヒップが、圧倒的な肉感性をみせて何度もねじりを打った。

喉を震わすような高い声が、休みなく蘭子の口から迸《ほとばし》っている。それははばかりのない、南国の鳥の叫び声のような声だった。

生温かい液が、膣口のすぼまりを擦《こす》りたてる彼の中指の先にとろりとふりそそがれる。微《かす》かな牝《めす》の発情の臭気が、そこから立ち昇っている。

「あーん、ああっ……もう……」

「もう……何だい、蘭子」

クリットを舌で押し転がしながら、訊《き》く。

「死にそう。……イキそう」

「まだクンニをやってる最中だぞ、おれのぶっといのを、ぶち込んでもいない」

「ああ、早くぶち込んで下さい。キスいやいや。早くそこに、社長のを、はめて下さい」

「おれの何をはめるんだい」

「おとこよ。おとこを……ぬっちゃりと、はめて欲しいわ」

蘭子のあげる声が震え泣くような声に変化し、香坂の唇の上にヨーグルトの沈澱液《ちんでんえき》のようなものが、とろとろと流れつたってきた。

「よし、それじゃ、ぬっちゃりと、嵌《は》めてやるからな」

香坂は、蘭子の秘部から顔を離して身を起こす。

正常位で繋《つな》ぎにゆこうとして、股間に位置を取ろうとした瞬間、蘭子が突然、ふらっと起きあがって、香坂の胸を手で押しこくり、仰むけに寝て下さい、といったふうな仕草をする。

眼がうつろになっていた。とろんとして、そのくせ、妙に生光りしている。髪が顔にざんばらにふりかかっていた。喧嘩《けんか》でも売りつけているような突っかかりようだった。

「蘭子、上よ。香坂さんは、早く引っくり返って下さい」

蘭子は身体に火をつけられた情熱のままに行動したいようであった。

香坂は委《まか》せることにして、仰むけになった。

蘭子は眼をうつろにして跨《また》ってくる。

双脚の間のもっさりとした毛むらの下に一瞬、赤いはざまが赤裸々《せきらら》にきらめくのが見えた。

蘭子は照準を定め、手で香坂のものを摑んで導き、ゆっくりと腰を沈めてくる。

肉根がぬっちゃりと沼に触れた瞬間、

「ああっ」

のけぞるように、白い顔を反らせて声を放つ。大きく身体を開いたまま、ほころんだ性器が、せがむように蠢《うごめ》いて分身を根元まで呑《の》み込んでゆくのがみえた。

とてもそそる眺めであった。香坂は奥に到達したのをたしかめてから、両手を蘭子の腰にあてがい、下から大きなカウンターパンチを突きあげる。

お返しをする、という気分だった。

「わあっ」

薄く喘《あえ》ぎひらいた女の唇の中で声が放たれ、赤い舌が妖《あや》しくのたうつ。

蘭子はその舌で自らの唇を好色そうに舐《な》めながら、香坂の胸の上に両手をおいて、ゆるゆると上下に腰をはずませてくる。

そのたびに、「わっ」「わっ」とか、「やーっ」とか、「あうーん」というような、長短様々の、彩《いろど》りにみちた声をあげて賑《にぎ》わう。

香坂が協力するつもりで時折、下から突きあげると、

「やあーんっ……だめええ。……男はじっとしてて」

あたしが貪《むさぼ》るんだから……というふうな露骨な声が、放たれた。

蜜《みつ》を噴きだす割れ口が、男を求めて痙攣《けいれん》する。

香坂は両手をのばして、元看護婦のうねくりたつ乳房を、むぎゅっと摑み、こねくりながら、下から腰を打ちつけた。

そうするうちに、香坂の下腹部の茂みのあたりが、女の繁みと入りまじって、粘液でぐっしょりと濡《ぬ》れてゆく。

蘭子はしだいに奔放になった。男を呑《の》み込んだ腰が、われを忘れて円を描いた。前後に激しく狂奔したりする。熱い粘液で包み込まれたものは、しかしまだ衰えをみせず、大きく膣の中でのたうっている。

香坂は眼を閉じた。胸の中で何かが唸《うな》っている。蘭子を狂奔させている生理は何なのだろ

う。好きものの血だけだろうか。何かしら得体《えたい》のしれない闇がこの若い女の中にたむろしているような気がする。

香坂が秘肉を突き穿《うが》って、そんなことを考えているうちにも、元看護婦に最初の狂乱状態が訪れていた。「深くお願い」とか、「深くいらっしゃって」とか、「そこ……そこ……奥よ」などと、露骨な言葉を撒《ま》き散らしつつ、腰を上下に狂奔させる。

そうなると終局はもう、じきにやって来た。子宮の底がせりだしてきて香坂にあたりはじめ、蘭子はおおっ、おおっ、と牝《めす》ライオンのような声を放って、腰をふるった。そうしてついには香坂の上に、どさーっと倒れ込んでしがみつきつつ、快楽の闇に呑み込まれていってしまった。

3

……嵐《あらし》の時が、すぎた。

文字通り、そんな感じである。

香坂がシャワーを浴びて戻ってくると、蘭子はまだカーペットの上に横たわったまま、香坂が掛けてやった毛布を肩まで被《かぶ》って、泥のような状態でまどろんでいた。

「カーペットのごろ寝は、身体によくないよ。腰が痛いだろう。ベッドに入って寝ないか」

肩口に手をかけてゆすると、蘭子はやっとのろのろと起きあがった。

「喉《のど》が渇いたわ。ワイン、ありませんか」

「あ、あるある。冷えているやつがあるよ。今度は赤にしよう」

香坂は自分も喉が渇いていたので、冷蔵庫からボルドーの赤を取りだし、栓を抜いて二つのグラスに充《み》たし直した。

海はそろそろ、夕暮れ前の光に赤く染まりはじめていた。

二人はまた肩を寄せあって、酒宴をはじめた。

「聞きたいことがあるんだけどね」

香坂は、やっと探りを入れた。

「なあに?」

「蘭子って、どうしてそんなに敏感で、セックスが好きなんだい」

「セックスは誰だって、好きなんでしょ?」

「きみのは体質的に、ちょっと普通以上だよ」

「どうしてだか……自分でも、わかんない」

「早熟だったのかな。初体験はいつ?」

「……恥ずかしくって、言えません」

「言ってごらんよ。これは失神女優、水城蘭子の人間研究において重大なカギを握ってると思えるんだ。さあ、言ってごらんよ」

香坂が、やいの、やいの、けしかけると、蘭子はぽつりと洩《も》らした。

「……中一のとき」

「え？　中一……？　ほほう。そりゃ早い。ずい分、早いじゃないか」

たしかに、普通人の感覚では驚くべき早さと言うところである。

「でしょう。初潮と同じ頃だったの。蘭子、今でも忘れられないわ」

そう言う蘭子の言葉に、かなりの思い入れがこもっていたので、香坂はその初体験には相当のいわくがありそうだと睨《にら》み、

「蘭子、その話、ぜひ、聞かせてくれよ」

蘭子は自分の心の奥に大事に閉じこめていたパンドラの匣《はこ》をついにあける、という顔をして、ある秘密の打ち明け話をした。


蘭子は、東京の山の手育ちだそうだ。

杉並《すぎなみ》区浜田山の洋品店の、二女として生まれた。初潮を見た年の夏、蘭子には大きな事件が起きた。それは、社会的に大きな事件というのではなく、蘭子自身にとっての、それも多分に精神的内面に大きな変化をもたらす事件であった。

中学一年の夏休み、蘭子は湯河原《ゆがわら》に遊びにいった。その頃、新婚の富永美千代《とみながみちよ》という叔母《おば》

が、自動車販売会社に勤める夫の転勤の都合で、湯河原の高台に住んでいて、蘭子はその叔母が好きだったので、夏休みの宿題をもって、二週間ばかり泊まり込みで遊びに行ったのである。

美千代叔母は、新婚でまだ子供がなかったので、蘭子を可愛がってくれた。蘭子は叔母夫婦の寝室の隣に寝ていた。ある夜中に眼を覚ました時、蘭子はやるせなさそうな女の声を聞いた。薄暗くてよくわからないが、襖《ふすま》一枚を隔てた隣室からのようである。

何かに耐えるような、辛《つら》そうな、やるせなさそうな忍び声は、叔母の声だということはすぐにわかった。

蘭子は、初め叔母が苦しんでいるのではないかと思った。何かしてあげなくてはならないと思って、起きだし、襖のほうを見た。襖から仄《ほの》かな明かりが一筋、洩《も》れていたので、這《は》っていって蘭子は、その襖の隙間《すきま》に眼をあてて、隣の部屋を覗《のぞ》いた。

「ああ……ああ……ああ」

仄暗い枕許《まくらもと》のスタンドの灯かりの中に、おじさんにのしかかられて苦しんでいる叔母の声が、いっそう高くなっていた。

でもそれは、苦痛や激痛からのものではないことが、何となくわかった。どこか甘やかで悩ましい響きがこもっている。悪夢の中でうなされているようでもある。

（おじさんは、介抱しているのだろうか？）

蘭子は、襖をもう少しあけて眼を凝らした。

声とともに、不思議な揺れ方をしていた夏布団を、やがて暑くなったようにおじさんが自ら引きめくって、傍らに押しやった。

あっ……と、蘭子は声をあげそうになった。

布団の中の光景がすべて丸見えになり、全裸の男女が絡みあう姿を蘭子は、眼前で目撃したのである。

（ああ……これが……）

話に聞いていたあれだろうか、と思った。

蘭子には男女の営《いとな》みについて、漠然とした知識があった。少女雑誌でみたこともあるし、友達と話し合ったこともある。でも、具体的にどうするのか。今、絡みあっている叔母夫婦の基本的な部分がどうなっているのかなどは、はっきり頭の中でわかっていたわけではなかった。

美千代叔母が下になって、両足を男の腿に絡め、おじさんの腰が大きく上下している。

それは少女雑誌でみたものよりも、なまなましい印象であった。

叔母の声が、一段と切羽詰まって、高くなっている。

（あたし、大変なものを見てるんだわ）

蘭子は心臓が息苦しくなり、両手で胸を押さえて、目をつむった。急いで襖から顔を離れさせる。

（いけない、いけない……ああいうのを見ちゃ、いけないいんだわ……）

襖の内側で耳をふさごうとしても、叔母の声はますます切迫していた。それが苦しみの声ではなく、快楽の表現であることを、蘭子はもうはっきりと理解していた。

「いい……あなた、いいわ……」

現に、きわめて明快にそう聞こえたのである。

「ああ……あなた……美千代、いきそうよ。もうすぐよ」

（いきそう……？）

叔母はいったい、どこに行くと言っているのだろう。

新婚夫婦の部屋に背をむけようとしていた蘭子は再び、抗しがたい衝動につき動かされて、襖のほうに眼をむけた。

男女のかんじんの結合部分は、おじさんのヒップと腰の陰に隠れていて、見えない。蘭子は男の部分がどういうふうに、女の中に入っているのか、見たいと思ったが、それは諦《あきら》めざるを得なかった。

けれども、男が女の中に確実に這入《はい》っているのは、間違いない。叔母さんはもはや、「あっ、あっ」という火のような声を吐いており、「いく、いく」と歯をくいしばるような声を放ったかと思うと、男女の動きが一段と激しくなり、叔母さんは最後にけだもののような声をはなった。

不意にあたりが静かになり、男女は動かなくなった。蘭子は自分の呼吸や心臓の音が聞こえるのではないか、と恐ろしくなり、石のように硬くなって静寂のひとときをすごした。

「あなた、お行きになったの？」

「ああ、イッたさ。少しあとだったけどね」

「私だけ先にイカせるんだもの。いやいや。あしたの晩は、一緒じゃなくっちゃ、いやよ」

そんな会話が聞こえてきて、二人の身体が離れ、静かに夫婦の睡眠がはじまるまで、蘭子は音をたてないよう、襖の陰に隠れて、その場を一歩も動けなかった。

（覗いていることを知られたら、大変なことになるわ……）

全身が羞恥《しゅうち》に火照って、そればかりを恐れていたのである。

それが、最初に目撃した晩であった。それからも美千代叔母とおじさんは、一日おきとか、二日おきの深夜に、大変な光景を演じてくれた。不思議に、いつも襖が少しだけあいている。

蘭子は、あれほど見たいと思っていた男の部分も、おじさんと叔母さんが体位を変える時などにはっきり見えたし、時には叔母さんが上になったりして、蘭子をひどく驚かせた。

そんな時の叔母さんは、ＯＬあがりのしとやかで優しい叔母さんではなく、蘭子の見知らぬ娼婦《しょうふ》か淫婦《いんぷ》にでもなっている感じであった。

そんなある日、蘭子が寝ていた部屋に箪笥《たんす》や荷物が届いて手狭になり、蘭子は美千代叔母さんたちと一緒に寝ることになった。

さすがに、川の字のまん中ではない。蘭子は一番端っこの布団だった。それでも動悸《どうき》が激しくなって、すぐには寝つけなかった。

やっと寝ついたと思ったら、箪笥の環《わ》が、カタカタ鳴る微《かす》かな振動とともに、叔母さんのあの声が聞こえてきた。

今度は、襖のむこうからではない。すぐ一メートル傍で男と女が夫婦生活をしているのだ。蘭子は頭がかーっと熱くなり、眼を閉じても眠れず、ついに片手が濡《ぬ》れはじめている自分の股間に動いて、オナニーをすることになった。

叔母さん夫婦と一緒に寝はじめて三回目ぐらいの晩、いつものように始まったので、蘭子はもう癖になっていた自慰をはじめ、自分でもそれに熟達してきて、時々、呻《うめ》くような声を洩らして、きらめきの瞬間を獲得するようになった。

(叔母さんが叫んでいた「いく」というのは、これなんだな……)

何とはなしに謎が解《と》けたようで、その晩も蘭子は布団に隠れて夢中になって指をクリトリスに遊ばせていた。

だから、いつ、叔母さんたちが終わったのか、まるで憶《おぼ》えていなかった。

「あら、この子、唸《うな》ってるわ。オナニーでもしてるんじゃないかしら」

自分の様子が発見された時、蘭子は赤面して死ぬほど恥ずかしかった。

「本当だ。赤い顔して唸ってるぞ。どれどれ」

おじさんが布団の中で、手をのばしてきた。

蘭子はあわててパンティの中から手を退《の》けようとしたが、その手がおじさんの手とぶつかり、おまけにおじさんの手はもう、パンティの中にくぐり込んでいた。

「おや、本当だ。ぐっしょりじゃないか」

「いやあーね、今どきの子って。蘭子ちゃんはまだ中一で、純情な子だとばかり思っていたら、もうオナニーなんかしてるの？」

叔母さんはそう言った。そうして、小さな声だったが、

「まるで牝犬《めすいぬ》の子みたい……いやらしいったら、ありゃしない」

と言った言葉が、ぐさりと蘭子の心を突き刺した。

(何よ、叔母さんだって、盛りのついた牝犬のようなことをしてるじゃないの)

何となく、むらむらと叔母さんに対して、仕返ししてやりたいと思うようになった。

それから数日後の土曜日の昼すぎ、美千代叔母さんは短大の同窓会とかで東京に行った。

その日も八月中旬の熱い太陽が照りつける中で、海が見える家裏の井戸端で、たらいに入れてスイカを冷やしていると、おじさんが近所の農家から分けてもらってきたトマトやメロンを両手に抱えてきて、盥桶《たらいおけ》の中に入れた。

「蘭子ちゃんに謝らなくっちゃ、いけないなあ。ゆうべも美千代の声が高くて、蘭子ちゃんは眠れなかったんじゃないのか」

蘭子はゆうべも布団の中でオナニーをしていたので、顔が火照るほど恥ずかしかった。

「いいえ。ぐっすり寝ていました、わたし」

「そうかね、それじゃいいんだけど。美千代のあの声だと蘭子ちゃんに毒じゃないかと思ってね」

「そんなこと、ありません。あと四、五日で東京に帰りますから、おじさん、気にしないで下さい」

「そうか、そうか。あと四、五日だったね。じゃ、今日のうちにいいことを教えてあげよう。こっちに来てごらん」

おじさんはそう言って、スイカやメロンを盥に入れたまま、蘭子を手招きして、家の中にはいった。

その瞬間、おじさんが自分に何をしようとしているのかを直感しなかった、といえば、うそになる。おじさんは私の身体に触れ、叔母さんとやっているようなことを教えようとしているんだわ、と蘭子ははっきりと予感した。

それを予感したのなら、おじさんの誘いに乗らず、回避する手段はほかに幾《いく》らでもあったはずだが、蘭子は逃げはしなかった。もしかしたら、その心理の裏側には、自分のことを

「牝犬の子みたい」と蔑んで言った美千代叔母さんへの復讐の思いがあったのかもしれない。

　家に入ると、おじさんは縁側を開け放った奥の間に立っていた。その部屋からは、南側に海が一望できる。その海を背にして、おじさんは突然、ワイシャツやズボンを全部脱ぎ、全裸になったのであった。

「蘭子君、来てごらん。ぼくの全部、見てもいいよ。触ってもいい。きみが一番、知りたかったことを全部、教えてあげるからね」

　海を背にして、裸で仁王立ちになったおじさんは、漁師でもないのに、赤銅色《しやくどういろ》の漁師の若者のようにとても逞《たくま》しくて、凜々《りり》しく見えた。

　なぜか現に、男性のしるしが直立しているのである。それを見た途端、蘭子は恐ろしさよりも不思議な興奮を覚えて、腰が抜けたようにへなへなとへたり込んでしまった。

（あれだわ……あれが毎晩、叔母さんの中に這入《はい》ってたんだわ……）

　腰を抜かしている蘭子に近づき、おじさんはそれから蘭子の衣服をすべて脱がせ、全裸にすると接吻《せつぷん》から入って、男女のことをすべて教えてくれたのであった。

　初めは痛かった。泣きたいように痛かった。股間に棒でも差し込まれたような、異様な苦痛だった。青い大海原を背にして、畳の上でおじさんに抱かれた、それが蘭子の初体験であった。

それからも五日間の滞在中、おじさんは美千代叔母《おば》さんの眼を盗んで時々、蘭子の勉強部屋に入ってきて、蘭子を抱いた。蘭子は抱かれるのがいやではなかった。だんだんと叔母さんがなぜああいう声をあげていたのかを、身体でわかるようになりはじめたからである。

湯河原の家を去る日、おじさんは駅まで送ってくれた。途中、白状するように言った。

「蘭子君にも、もうわかってたんじゃないのかね。きみが気づいた最初の晩、襖《ふすま》が細くあいていたのは、実は……ぼくのしわざだったんだけどね」

蘭子は、そこまでは考えてはいなかった。わざわざ白状することもないことを白状して、ごめんね、きみを女にしてしまって……と詫《わ》びるおじさんに、大人のいやらしさとずるさを感じはしたが、蘭子はおじさんを恨《うら》んだり、憎んだりする気は起きなかった。

「……それからなの。高校を卒業する頃までに、私、何度も湯河原に行って、おじさんに抱かれたの。看護学校に入った頃は、もう女の歓びを知り尽くして、おじさんが忘れられなくなりかけていたの。それで、社長にスカウトされて、ビデオに出ないか、と言われた時、蘭子、正直のところ、あ、これでやっと地獄から救われる、と思ったの。ビデオに出て、いろんな男の人とセックスしたら、きっとおじさんの魔力から逃れられるだろう、と思ったの。これでおばさんを不幸にすることもなくなる、と思ったのよ」

蘭子は、そんなことを語った。

海はもう、夕焼けの光に包まれて、まっ赤に燃えていた。

　香坂は、その海を眺めながら、

「そうか。それでわかったよ。蘭子が二十一歳の誕生日に海を見たい、と言った気持ちがね。きみは海の見える湯河原の高台で、おじさんに処女を破られた時のことが忘れられないんだ。それで、二十一歳の誕生日をきっかけに、その記憶から決別しようと思って、きみは今日、海を見に来たんだね」

　蘭子は何も答えなかった。その潤んだような黒い瞳《ひとみ》に、遠くで赤く燃える相模《さがみ》湾の水辺線と、そこに落ちかかる夕日が映っていた。

第七章　独身女医、よがる

1

　宴席の途中で、ぬけるようにして電話に立った時、化粧室から戻ってくる梶山静香《かじやましずか》と廊下でぱったりと出会い、

「あら、もうお帰りになるの？」

　と、香坂秀一郎は、そう尋ねられた。

「いや、ちょっと電話なんです」

「ああ、良かった。わたくしね。香坂さんにちょっと、折り入ってお願いがあって、今夜あたりお誘いしようかと思ってたんですけど」

「はあ、どのようなご相談でしょう」

「ちょっと、こちらにいらっしゃいませんか」

廊下のどまん中での立話では、具合が悪い。梶山静香は、フロント・ロビーの片隅にある観葉植物の陰に香坂を誘い、小声で、耳許《みみもと》で何事かを囁《ささや》いた。

「え？　このホテル……に、ですか？」

「ええ、そう。部屋を取ってあるのよ。宴会の終わったあと……何なら、途中で抜けだしてもよろしいんですけど」

乃木坂でも評判の美人女医、梶山静香に誘われるとは思わなかったので、香坂は顔を赤らめ、どぎまぎした。

梶山静香は、乃木坂のビルにクリニックを開く独身女医である。まだ二十八歳でクリニックの院長だから相当な手腕だが、美人で愛想がよくて患者の受けもいい。で、ビル内サラリーマンをはじめ、界隈《かいわい》の商店街のおやじたちは、具合が悪くなくても、競《きそ》って頭痛や腹痛や風邪《かぜ》だといって、梶山クリニックを訪れるのであった。

それほど、人気の高い美人女医の梶山静香が、今夜、このホテルに部屋を取っているので、あとで二人きりの時間を持ちたい、と言うのであった。

香坂は、耳をつねりたくなった。その上、いつもは白衣を着ている女医でありながら、その夜の梶山静香は、和服であった。宴会酒が適度にまわって、ほんのりと首すじから顔を桜色に染めていて、瞳《ひとみ》が潤んでいる。

口許に愛くるしさがあった。黒く艶《つや》やかな髪はアップに結んでいる。身体つきは小柄だが、水色の和服の胸許からのぞく肌は白くて、乳房もふっくらとした息づきを秘めているようである。

どうかすると、その和服姿は、クラブの若ママかコンパニオンとも見えかねない小粋《こいき》な仕上がりなので、宴会の途中でも時折、香坂は遠くから見惚《みと》れていたくらいの美人女医である。

その思いがけない誘いを断わったりしたら、バチがあたる。

香坂秀一郎は、

「うれしいお誘いですね。それじゃ、二次会は消えることにして、八時半ごろ、その部屋に参りましょうか?」

そう答えた。

「あ、はい。八時半ごろね。ちょうどいいと思うわ」

そう言って、梶山静香は和装バッグから何やら取りだし、香坂に握らせた。

何とそれは、部屋のキイであった。

四〇三号室、とある。

そっと、小声で囁く。

「香坂さん、先にその部屋にはいってくださる?……わたくし、あとで忍んで参りますから」

仄《ほの》かな香水の匂いと、あでやかな笑みを残して、梶山静香はもう和装バッグを左手にして、裾《すそ》さばきも鮮やかに宴会場のほうに戻ってゆく。

乃木坂モデルクラブの夜のオフィスに、残業している社員に、ちょっとした用事を言いつけるために電話をしにゆく香坂は、それからはもう心もうわの空で、足どりは雲の上を踏んでいるようであった。

何であれ、秘密というものは、人間の欲望を刺激するものである。

それが、秘められた男女のことに関すると、ますます素敵《すてき》に、悪魔的な香りを放って、欲望を刺激するものである。

電話をすませて大広間に戻ると、宴会は盛りあがっていた。

年一回の乃木坂商栄会連合の、懇親会なのである。地元の銀行と信用金庫が、相乗りでスポンサーについている。いつもは旅行会になるのだが、今年は不況で旅行会は取りやめになり、赤坂の芸者を呼んでの大宴会をやろうということになって、皇居の濠端《ほりばた》の三番町《さんばんちょう》にある馴染《なじ》みのホテルが、その会場にあてられていた。

香坂は席に戻った。宴会は無礼講で、だいぶ乱れはじめていた。ステージではカラオケ自慢が、コンパニオンとマイクを握って、デュエットをしていた。

だが誰も、そんな歌など聞いちゃいない。傍にはべったコンパニオンや芸者を相手に、悪ふざけをしたり、今夜どうだ、と口説いたりしているのである。

このあと、スペイン・ショーや、幾つかの部屋に別れての、すれすれのビデオ鑑賞会などの趣向もあるらしかった。

乃木坂商栄会連合は、雑多な集まりである。百を超す個人商店や会社やオフィスの代表が、参加している。飲食店、酒場、クラブや麻雀荘《マージャンそう》の経営者たちはもちろんのこと、江戸時代から続いているような、古い履物屋や小間物屋の旦那《だんな》がはいっているかと思うと、ホテル経営者、クリニックの院長、ファイナンスの女社長、貸ビルのオーナーなど、その参加者たるや、千差万別である。

年一回の懇親会は、ふだん、同じ地域に住んでいても滅多《めった》に顔も合わせない異業種同士が、たまに交流しあおうというもので、和気あいあいである。招待主の銀行や信用金庫にとっては、日頃、預金や融資でお顧客《とくい》になってもらっているので、その謝恩でございます、というわけで、参加者はいわば、飲み放題、食べ放題のどんちゃん騒ぎであった。

(それにしても……)

女医・梶山静香は、おれにどういう用事があるのだろうか。

静香がまさか、モデルになりたい、というわけではあるまいから、ひょっとすると……と、香坂は飲みながら、あらぬ妄想をたくましくした。

若さの盛りにある独身女医にも、悶《もだ》える夜があるのかもしれない。誰にも言えない恥ずかしい淑女の疼《うず》きに悶々《もんもん》として、それを、情事請負人の噂《うわさ》の高い香坂秀一郎に、打ちあけようとしているのだろうか。

いずれにしろ、香坂は少しわくわくして、八時をすぎてスペイン・ショーが終わったところで、そっと座を立った。

宴会場から抜けだす時、そっと振り返って、梶山静香の姿を探すと、彼女は宴席のまん中あたりで、ビルオーナーや薬局のおやじや蕎麦屋《そばや》のおやじなど中年男数人に囲まれて、人気者になっており、とても今すぐ立ちあがれるどころではなかった。

(もしかしたら、……先刻の誘いは、幻《まぼろし》だったのではないだろうか……?)

半信半疑ながら、しかし香坂はポケットに忍ばせている部屋のキイを、ぐっと力一杯握りしめた。

2

四〇三号室にはいった。

けっこう広いツインの部屋だった。

窓のカーテンをあけると、夜の闇《やみ》の中で、千鳥《ちどり》ヶ淵《ふち》の濠の水面が、暗く淀んで揺れていて、ぬめらかな女の黒髪のたゆたいのようであった。

桜はもうとっくに散っているが、街灯の下の濠端の遊歩道を、初夏の新緑の夜風に吹かれて、幾組かのアベックが流れていた。

梶山静香は、すぐには現われなかった。

香坂は、上衣を脱いでクロゼットにしまい、ワイシャツだけになって、冷蔵庫から缶ビールを取りだし、窓から暗い千鳥ヶ淵を眺めながら、タブをむしった。

香坂秀一郎は今年、三十四歳になる。乃木坂モデルクラブの主宰者として、ふだん若いモデルやイベントコンパニオンたちと、数多く接しているせいか、和服の落着いた日本女性にひどく魅力を感じる。

和服の女に心がときめくのは、香坂の好色心の顕《あら》われかもしれない。素肌をむきだしにしたヌードや、洋装とちがい、和服はその全身を包んでいるので、かえって、隠された女体への関心と渇仰《かつごう》を深めて、ひどく男のみだら心をくすぐる神秘性を持っているのである。

梶山静香が今夜、ふだんの女医スタイルからは想像もつかない和服で現われたのは、そういう意味では、男たちの気を惹《ひ》き、男たちの前にセックス・アピールをするためだったのかもしれない。

香坂がそんなことを考えているうち、ドアに、秘めやかなノックの音がした。

香坂は、ドアをあけにいった。

チェーンをはずして扉をあけると、梶山静香が猟師の眼を逃れてきた小兎のように、小走りに部屋に入ってきて、後ろ手にドアを閉める。

「ごめんなさい……遅れちゃって。なかなか脱《ぬ》けだせなかったのよ」

「いえ、かまいません。それより、どうなさったのですか。ぼくに部屋の鍵《かぎ》なんか渡したりして」

「そのとおりのことよ。女が鍵を渡すって、それっきゃないでしょ。わたし、今夜はあなたに抱かれたかったんだから」

おやおや、本当かな……と思いつつもうれしくなって、香坂は静香を抱き寄せて、キスをした。

ぬめらかな唇が喘《あえ》ぐように吸いついてきて、舌が蛭《ひる》のようにくねる。

香坂は静香の息遣《づか》いと、ほのかな香料と和服の下に包まれている肉体の感触に、早くも激《げっ》昂《こう》した。

その激昂は、次の一言でもっと決定的となった。

「さわって」

美人女医は接吻《せっぷん》の途中から、もどかしげに腰を突きだすようにして、悶《もだ》えたのであった。

「ここですね」

香坂は、和服の打ち合わせから手をすべりこませ、幾枚か重なった布団を割って、繁みの奥のやわらかい女の溝に、指を進めた。

ショーツの類《たぐ》いをつけていない和服は、こういう時にはきわめて便利である。指先はもう繁みにじかに触れ、その下の割れ口を探ると、静香は、すでに溶けゆるんだ溝から、あたたかいうるみを噴きださせていた。

「おや、ぬるぬるしてますね……ぼくと密会する期待で、昂奮してたんですか」

「恥ずかしいけど、そういうところって、すぐわかるでしょう。それを、知っていただきたかったの。香坂さんとファックできると考えると、とても昂奮してるってところを」

いくら男女の生理と肉体に通暁した、科学する女医でも、情緒てんめんであるべきファースト・キッスの最中に、ファックなどという、そういう露骨なことを言っていいのだろうか。

「光栄ですね。いつからこんなに濡《ぬ》らしてたんです？」

「スペイン・ショーが終わって、ビデオを見てた時から」

香坂はビデオのほうは遠慮して、会場から姿を消したのだが、静香のほうは中年男たちに摑《つか》まって、ビデオまで見させられていたのかもしれない。

「もしかしたら、そのＶＩＤＥＯ、うちの乃木坂モデルクラブのビデオ制作部が作った裏ビデオだったかも、しれませんね」

「そうかもしれないわ。ともかく、迫力満点の裏ビデオだったもの」

「それじゃ、女医さんも興奮するはずだ」

そう言いながら、香坂は、ぬたぬたする内側の二枚の秘唇をくつろげ、谷間の突起を指の腹で捉《とら》えた。

繁みの下に隠れひそんでいる突起は、今や隠れひそむというよりは、膨らみ躍りだす感じで、実に大きい。皮に包まれたままの容積でいうと、オリーブの実ほどに膨らんでいて、固く根づいてしこっていた。

これほどのクリトリスの巨物とは、香坂も滅多《めった》に出会わない。

それを二指で摘《つま》み、押しころがしてやった。

「ああ、そこ……とても、よくってよ」

香坂の両肩を摑んだ手に力が入り、腰が揺れた。

頤《おとがい》が微《かす》かに上むきにあがり、眼が閉じられて、顔は早くもうっとりした惑溺《わくでき》顔である。

「ふむ、ふむ。ここですね……患部は」

「ああっ……そこよ……熱く火照ってるの……ああ……その患部、とても、よくってよ」

女医・梶山静香は喘ぎながら、身をよじる。

身をよじりながら、右手を香坂の腰のあたりにさまよわせてきて、探りたてるように、彼の硬直をズボンの上からなぞり、握りしめてきた。

香坂はもうズボンの中で、痛いほど猛《たけ》り勃《た》っていたのである。

「もう、こんなになさって……いやなひと……香坂さんったら」

「あなたと同じくらいに大きくなってるでしょう」

「私のより、うんとふとくて、固いわ」

女医は握りしめ、うっとりして言う。

香坂はお返しに、クリームのような女芯《じょしん》に漬けた指先に、バイブレーションを効かせてやる。

「ああ……ああ……いいわあ」

静香はしがみつき、今にも腰が落ちそうになっている。

けれども、すぐに抱擁を解いてベッドに移ろうと提案したり、風呂《ふろ》に入ろうとしないところが、相当の雌雄である。恋の狩人同士である。この、出会いがしらの相互愛撫《あいぶ》に、二人ともひどく淫《みだ》らがましい訪問儀式を感じている。

乃木坂の人気女医、梶山静香はもう、香坂のズボンのファスナーをちりっと引いて、しなり打つなまの豪根を摑みだし、掌に包んで愉《たの》しんでいる。

傍ら、女芯に愛撫を受けて、首が反り返りそうになっていた。

香坂がいま愛撫している部分は、女性なら誰しもが敏感に感じる性神経の叢《くさむら》ともいえるクリトリスだが、この部分に関しては女性によって、敏感すぎて強い愛撫を嫌がる女性と、かなり強い愛撫を求める女性との、はっきり二つに分けられるようである。

香坂の経験では、一般的にいってこの部分が固くて大きく発達しているタイプは、自慰の頻度の高い女性で、そうしてそういうタイプの女性は、強い刺激の愛撫を好むようである。

反対に、そこに強い刺激を与えると、敏感すぎて、痛がる女性も多い。

もう少し優しくして、とそういう女性は言う。

けれども梶山静香はどうやら、ソフトな愛撫ではまだるっこしいタイプの女性のようである。

なぜなら、身悶えしながら彼女は、

「そこを……摘んで、もっと強く……」

さすがに女医らしく、的確に要求したからである。

「ずい分、オナニーなさってる。女医さんって、男遊びをしないのですか」

「したくっても、私のまわりには、いい男がいないのよ」

「オナニーをする時は、これぐらいですかね」

香坂が太くむくれ返ったオリーブの実を、強く二指ではさんで、ぷりぷり押し転がすと、

「あっ……あっ……そうよ……感じちゃう」

静香はのけぞりながら、香坂のものを強くにぎりこみ、

「あっ、倒れそう……危ないわ……ねえ……ベッドに運んで」

やっと、二人の恋人たちはベッドに移った。

香坂が静香を着物姿のまま、ベッドに押し倒し、覆い被《かぶ》さろうとすると、

「ちょっと、待って」

静香は苦しそうに、帯に手をやる。

「今、着物を脱ぐから、ちょっと、待って……」

「いや……このままがいい……このまま……お風呂《ふろ》にはいる前に、ちょっとだけ、あなたを抱きたい」

「香坂さんったらぁ……意地悪っ」

「あなただってそうなんでしょう。一度、はめてもらわなければ、身体がほてってほてって、どうにも納まりがつかなくなっているんでしょう」

「おっしゃらないで……」

静香は本当のところを言いあてられて、気絶するように呻《うめ》き、

「じゃ、昆布巻きで……お願い」

静香は仰むけになると、帯は締めたまま着物の帯から下だけを、上手にあでやかに、ぱっと思いっきりよく、左右にひらいた。

なかの肌襦袢《はだじゅばん》も左右にひらくと、突然、ぬめらかな白い腹部と黒々とした繁茂と、すべらかな双脚がそこに、夢のように現われる。

着物を汚さないよう、お腰だけは跳ねつつも、ヒップの下にちゃんと上手にあてがっている。

香坂は左手で静香の毛むらを掻《か》きあげて、濡れうるむ女芯を露《あら》わにし、右手で聳《そび》えたちを握って、野蛮な手つきでごしごしとしごいた。

「参りますからね」

「ええ……もう前戯はいいわ……早く、いらっしゃって」

女医もともかく一度、ふといのを収めてもらいたかったようである。

香坂は濡れうるむ肉びらにあてがい、ぬめらかなクリームの中を奥まで、突き進めた。

香坂の野太い豪根が、付け根まで深々と没した時、梶山静香は白い頤をあっん、とぎりぎりまで反り返らせ、

「ふといいっ」

悲鳴に近い叫びをあげた。

香坂は、ぐいぐいと送りこむ。

静香の両手の指の爪《つめ》が、ワイシャツの上からも香坂の背の肉にくいこみ、彼女は昆布巻きの上体を、弓のように反らせて、ふり絞るような叫びを発し、

「いくう」

声を弾けさせる。

静香の溶けうるんだ肉のほこらは、ややゆるめだが、しかしそれは男に不満を抱かせる性質のものではなく、深く袋の中に男を包み込むような構造になっていて、時折、出入口に近

いところだけを、環《わ》のように締めつけて、内部はイソギンチャクのようにむさぼる。

香坂は脳裡《のうり》に、赤い鬼灯《ほおずき》型をしていて、虫が止まると花肉を閉じてむさぼってしまう、ある種の食虫花のうごめきを、静香の構造のうごめきの中に感じた。

わりと弛《ゆる》めの柔らかい肉が、何度か蠕動《ぜんどう》して、香坂をむさぼるようにうねる。

その袋の中に閉じこめられたような、せめぎあう柔肉のうねりに、香坂は放射しそうになった。

けれどもいったんは怺《こら》えて、さらにダイナミックに静香の柔肉の中を抜き差しし、深奥部を突きまくった。

突きうがちながら、香坂は、静香の襟元を押し広げて乳房を両手でぎゅっと摑《つか》んで、押し揉《も》みする。

静香は苦悶《くもん》の表情を浮かべて喘《あえ》ぎ、嗚咽《おえつ》した。

嗚咽しつつ、腰を迎えるように跳ねあげ、

「あっ……だめっ……いくう」

と、泣き声まじりの声をあげている。

「よし……一回、だすからね」

「ええ……いいわ……いらっしゃって」

女体を弓のように反らせて、イキつづける若い女医の胎内に、深々と香坂は男のリキッドを爆発させていた。

3

「すごかったね。お腰まで、べとべとだよ」

香坂が、盛装の女医を頂点に追い詰めて身体を離した時、放心状態の静香は少しの間、ぐったりと裾《すそ》をはだけて横たわったままだったが、やがて気怠《けだる》く片側だけ着物の裾を直し、片《かた》肘《ひじ》で顔を覆い隠して横をむいた。

「どうしたんでしょうね、わたしたちったら」

示しあわせた部屋で忍び合ったまま、いきなり斬り結ぶように野合したことが静香には何とも信じられず、恥ずかしがっているようであった。

「純粋無比なセックスって、今のようなものですよ」

「純粋無比って、言い直せば、それだけ飢えてたってことでしょ。恥ずかしいわ、ずい分、乱れたもの」

「じゃ、お風呂に入ってらっしゃい」

「そうね、そうするわ」

静香はのろのろと、寝乱れた身体を起こし、ふらつく足でクロゼットの前まで歩いていって、そこで着物を脱ぐ。

香坂は冷蔵庫をあけて、ビールを取りだして、喉《のど》を潤した。

静香が浴室に入ってシャワーの音がきこえてきた頃合をみて、香坂も化粧室に入り、衣類をすべて脱ぎ去った。

「ぼくもはいっていいですか」

浴室にむかって、声をかけた。

「いいわ。どうぞ」

静香は、男と一緒に風呂に入ることを、それほどためらうふうではなかった。

香坂は、タオルを一本ぶらさげて、浴室のドアをあけた。

静香は、シャワーを浴びた身体を、バスタブの中に入れて、中腰になって石鹸《せっけん》を使っていた。

浴槽にお湯は少ししか入っていない。背中の白さと乳房の膨らみが、きわだって香坂の眼を射た。

「女医さんの裸を見るのって、初めてですよ。いつも診察室の白衣で隠しておくなんて、もったいない身体をしてらっしゃる」

「お上手をいわれると、舞いあがりましてよ。あたくし、身体にはあまり自信がないんですの」

「そんなことはない。どれ、流してあげましょうか」

香坂は石鹸を片手に持つと、バスタブの中にはいり、静香の美しい裸身の背中からヒップにかけて、泡立てながら石鹸を塗りつけた。

全体にグラマーというよりは、小ぶりだが成熟した女体である。淡い石鹸の膜に背中が覆われて、肌はぬるぬるする。それ自体、ひどくなまめかしい感じになってくる。

香坂はタオルで、優しく背中を洗った。そうしてシャワートップを握って、背中の泡を流しにかかった。

「ああ……いい気持ち。女医っていつも人の身体をみて気を張って一人で生きてるでしょう。時々、淋《さび》しくなって、誰《だれ》か男の人に背中を流してもらえたらなあ、なんて夢見ちゃったりすることがあるのよ。……今、その夢が実現しているのね。信じられない」

静香はたしかに、うっとりと首をのけぞらせ、眼を閉じている。そういう姿態だと、香坂の眼にも張りのつよい乳房や下腹部の白い肌や、股間の黒々とした繁茂などが、斜め上からはっきりとわかる。

梶山静香の専門は、内科である。臨床で執刀する外科医ほど酷《むご》たらしくはなくても、いつも生命の危険とむきあっていることは同じなので、医者として気を張って仕事をしていることはたしかである。人を癒《いや》すのが仕事だから、人の前で弱気は、見せられない。案外、その内実は孤独であるかもしれない。

しかも、静香は二十八歳とまだ若い。可憐《かれん》でさえある。香坂は、一緒に湯浴《ゆあ》みをする美人女医が、不意にいとおしくなった。静香の前にまわると、シャワートップからほとばしる湯の束を、女体の乳房の頂点に浴びせ、それから不意に、股間の茂みにもかけた。

「あっ」

と、静香が気絶するような声をあげて、股間を閉じようとした。

その白くてなまめかしい内股をむりにこじあけて、香坂は女医の下腹部の豊沃《ほうよく》な肉と黒い繁茂の部分、それから女芯にむかって、果敢に熱い湯の束をほとばしらせつづけた。

それはすべて、いとおしさがそうさせたのである。

「ああん……だめよう、香坂さんったら」

「女医の花祭りです……女医の秘唇洗浄祭です……どうです、幸福な気分になるでしょう」

「ああん……感じちゃう……香坂さんったら、ひどいことをなさってるわ」

文句を言う静香には、耳を貸さずに、香坂はバスタブの湯栓を抜き、溜り湯をすべて、放出してしまった。

寒くはないし、水のないバスタブの底に、しっかりヒップをつけて大股開きさせたほうが、安定感ができて、湯層の厚ぼったい邪魔がはいらなくて、具合がいい。

シャワートップからの湯飛沫《しぶき》を、女芯にあてられて、最初はあわてふためいていた静香だが、湯を抜いたバスタブの中で、ヒップを底につけて落着くと、いつのまにか、白い船の中の女王様になったように、うっとりと眼を閉じ、女芯を晒《さら》けだし、わななきはじめている。

「よくてよ、ああ……そこっ……とても響くわ」

湯の束をあてながら、香坂は次に指を動員した。

繁みの下を分けて、谷間の肉の芽をさぐりだし、フードを剝《む》く。

最初はオリーブの実くらいだったが、今や小梅ほどに固く膨らんできた突起は、莢《さや》を剝かれると、ピンク色に濡《ぬ》れ光って、身をもたげている。その露頭部にむかって、熱くしたシャワーの穂先をあてがい、傍ら女芯の下べりを指で弄《もてあそ》ぶ。

「あっ……あっ……ああーっ」

白い船の中の女体は震えはじめ、秘唇はぬるぬるに蜜液《みつえき》を噴きはじめている。

そこを指でかまいながら、シャワーをあてつづけると、静香の全身に、急激に快楽が襲ってきたようである。

「ああ……だめっ……香坂さん……だめよ……来るわ、来るわ」

砂漠の地平から、夢の楽隊が近づいてきたような響きを、静香はうわ言のように伝え、実際に肉体の深奥から、女のきらめきが不意に襲って来たことを、静香は訴える。

静香の背中の肌が、たちのぼる湯気と発汗で、ぬらぬらと生光りしてきたのが、昂奮《こうふん》の何よりの様子を物語っている。

「静香、目まいがしそう。ああっ……だめええーっ……いっちゃいそう」

静香は、バスタブの縁を両手で握って腰を浮かし、汗光りする全裸のウンチングスタイルを取って、唸《うな》りつづけたかと思うと、全身をこまかく震わせ、

「やだあーっ……いっちゃうっ」

突如、前傾して倒れそうになり、あわてて香坂の両の腿にしがみつき、そのままヒップで丸く円を描きつつ、静香はのぼりつめてしまった。

顔をしばらく、香坂の双腿に押し伏せている。

「ん、もう……ひどいんだから……香坂さんったら、静香をいじめてばっかりいらっしゃるわ」

飛沫に濡《ぬ》れた髪の後《おく》れ毛を、襟あしにべったりと貼《は》りつけ、下腹部を見舞った突然の火花の余韻にひたっていた静香だが、やがて、ふっと眼をあけた瞬間、目の前に揺れている香坂の豪根に気づいて、まあ、と女医は驚愕《きょうがく》の声をあげた。

「まあ、先刻、わたしの中におだしになったばかりなのに」

静香は一瞬、まぶしそうな表情をみせた。ごくっと、唾液《だえき》を呑《の》みこむ喉《のど》の音をたてて、じっと赤黒い聳《そび》え立ちをみつめ、

「本当だわ。どうしてこんなに勃《た》ったままなの」

「ぼくはＶＴＲ男なんですよ」

「え……？　ＶＴＲ男って、どういう意味？」

「ボタン一つで、いつでも、何度でも再生ができて、同じことがやれる。つまり、精力絶倫男っていうわけですよ。一晩で三回以上、ＶＴＲやるの、平《へ》っちゃらですから」

「まあ、そういう業界用語なの。たのもしいわ、ＶＴＲ男って」

静香は、頬《ほお》すれすれのところで、上反りに聳《そび》えたっている肉根をみつめて、擦《こす》りたそうにしている。

「いただいて……いいかしら」

「どうぞ、粗品ですが」

「ううん。超弩級《ちょうどきゅう》よ」

未婚の女医は眼を輝かせてかしずき、香坂の猛《たけ》りを両手で押しいただくようにして指を添え、あえやかに朱唇をあけて、ずるり、と頬張った。

女医の手つきは、なやましい。白魚のようでいて的確に探る。男根の基底部の毛むらの中を、深くまさぐりつつ、美しい唇に生命の根をいとおしむように含み、愉《たの》しむように自らを仄黒《ほのぐろ》い快楽ごころのほうに追いこむように、ずるり、ずるり、と深く口唇愛を見舞う。

「ああ、男の毛むらって、いい匂いがするわ」

口受けを離して、眩《まぶ》しそうな眼で見つめたりする。

指先で、鈴口のあたりを、なつかしむように、さすりたてたりする。

そうしてまた、ぱっくりと口に含んで、口中愛をつづける。女医は、診察室ではできない男の秘部の口受けに熱中し、香坂の巨砲をもてあましたように、口腔《こうこう》いっぱいに含んで、頭を前後に動かしたり、両手でシャフトを撫《な》でさすったり、毛むらを触ったりして、「むふう、むふう」と、切なげな息を荒らげるのであった。

香坂は、皮膚感覚でよりも、美しい女医が、自ら進んで性の奴隷《どれい》のように、男根を口受けしている眺めに、いたく昂奮して、危なく爆発しそうになった。

「ああ、梶山先生、危ない。はじけそうだ」

「いやいや……はじけたりなさっちゃ、いや。まだおだしになっちゃ、いやよ」

香坂は、足で湯栓をし、蛇口をひねって、湯をだしはじめた。半ばまで湯が満たされたところで、腰を引き、

「さ、一緒につかって汗を流しましょう。ベッドでまだいっぱい、スポコン物語を展開しますから」

耳慣れない言葉に、え、と静香が顔を離し、

「女性のあれを、スポスポ突くから？」

淫《みだ》らがましい笑みを浮かべて、見上げる。

「いいえ、そんなお下品な表現のことじゃありませんよ。もうおなじみ、星飛雄馬《ほしひゅうま》のごとき汗と涙と感動のスポーツ根性ドラマを、スポコンドラマと言うでしょ。それをもじってね、ぼくらの業界では、ベッドの上での汗と愛液とエクスタシーの感動の涙にまみれる熱愛のセ

ックスのバトルを、スポコンVIDEOというんです」

「まあ、やらしい」

くすくすっと、忍び笑いを洩《も》らし、静香が睨《にら》んだ。

「その上、香坂さんったら、VTR男。今夜のスポ根、期待できそう。うふっ」

4

香坂は先に、風呂《ふろ》からあがった。

ベッドに入って灯《あ》かりを調節している時、はて変だな、と香坂は思った。

そういえば、梶山静香は、何か相談がある、と言っていたが、まだ何も話をしない。

もっとも、静香のいう相談、というのが、すでに展開されつつある愛情交歓のことだったら、もうすでに充分、二人は肉体言語で会話しているわけである。

毛布を胸のあたりまでかけて待つ間もなく、梶山静香が胸にバスタオルを巻いて、浴室からあがってきた。

「おいで」

香坂は掛け布をめくると、迎え入れる。

香坂は、静かに抱いた。石鹸《せっけん》の匂いのする女体を抱いて、接吻《せっぷん》から入り直し、バスタオルを解き、乳房を掌《てのひら》に包んで揉《も》む。

ゆっくりと揉みあげながら、

「何か、ぼくに相談があると言ってましたが、何でしょう」

香坂は、尋ねた。

「あ、そうそう」

肝心のお話を忘れていたわ、と静香は言った。

「香坂さんのこれが、あまりによかったから」

と、露骨に某所をぐっと、握り込む。

そうして静香は腹這《はらば》って、

「私ね、香坂さんのGコードの女になりたいんだけど、いい？」

牝猫《めすねこ》のような眼で覗《のぞ》く。

「それが、相談というやつですか」

「ええ、そう」

「Gコードの女っていう意味、知ってらっしゃるんですか」

「ええ。知っているわ」

「言ってごらんなさい」

「Gコードって、録画予約のプッシュ・ボタンでしょう。で、いつでも予約ができて、ストックもできて、隠しておくこともできる女。いってみれば、愛人のことよ」

「ご名答。……それはご名答ですがね、梶山先生が、ぼくのGコードの女になるっていうのは、ちょっと信じられませんね」

「おいやかしら、押しかけ愛人。もし、それがいやなら、あなたが私のGコードの男になってくれてもいいわ」

いずれにしても、思いがけない提案である。

梶山静香ほどの美人女医から、愛人になってくれと頼まれて、いやだというやつがいるはずもない。

「実はね……実家から縁談が持ち込まれていて、早く宇都宮《うつのみや》に帰ってこい、と言って、両親がうるさいの。私としたら、せっかく乃木坂にクリニックを開業して、三年目でしょう。患者もふえてきて、仕事も面白くてたまらないから、このまま自立して、女医として身をたてたいのよ。で、郷里のその縁談をぶち壊したいんだけど、ぶちこわすにしても、口実が必要でしょう。口実が……」

女医、静香は、そんなふうに話しはじめた。

梶山静香は、栃木県宇都宮市で大病院を経営する裕福な院長の娘らしい。実家の病院のほうは長男が跡を継ぐので心配はないので、二女の静香は、東京の医科大学を卒業後、親許《おやもと》から五千万円の資金をだしてもらって、今のところにクリニックを開業したようである。

しかし、両親は正直のところ、娘を女だてらに東京で開業医として、大成させるつもりはないようだった。折から、宇都宮の提携病院の院長の息子が嫁を探している。いい話なので、ぜひ見合いをさせて結婚させたいと考え、静香を地元に呼び戻そうとしているのだという。

「ねえ、そういうわけなの。お見合い相手のその男《ひと》、妻を医療の第一線に立たせる気は、まったくないらしいの。結婚したら私、家庭にはいらなくっちゃならないのよ。それだったら、何のためにせっかく苦労して医科大学を出て、クリニックまで開いてるのか、わからないでしょう。ねえ、私を助けると思って、協力して」

「協力して、とおっしゃられましても、つまりぼくは何をすればいいんでしょうかね」

「私のGコードの男になってくれればいいのよ。両親には、私にはもう恋人がいるし、その男《ひと》と結婚の約束をしているから、お見合いはできません、と言って断わることができるでしょう。ね、私のGコードの男になって」

「Gコードの男になるだけでいいんですか?」

「ええ、そうよ。私……失礼ですけど、香坂さんみたいなプレイボーイと結婚する気は、まったくありませんもの」

香坂はちょっとばかり、複雑な心境になった。

香坂は、ほめられたのか、くさされたのか、よくわからなかった。

けれども、梶山静香のような美人女医の愛人になるだけで、彼女を窮地から救い、ひいては前途ある一人の有為の女医をこの日本に誕生させることができると考えると、ひどく光栄であった。

静香としたら、要するに、青年社長と名のつく近場の手頃な独身男を愛人に持つことによって、郷里に対して非婚宣言をし、あわせて、本音のところでは適当にセックスも愉しみたい、というところのようである。

後者に関しては、精力絶倫男、VTR男の香坂は、まさに文句なしであるところから、白羽の矢が立ったのかもしれなかった。

「乃木坂界隈《かいわい》でぼくたちのこと、噂《うわさ》になったら、どうします？」

「平ちゃらよ、そんなの。両親はいずれ、興信所に頼んで私の生活ぶりを調べにくるでしょうから、そういう噂が立ったほうが、かえって説得力ができて効果的よ。それに、私が香坂さんのGコードの女ってことがわかれば、商店街のおやじさんたちが、言い寄ってこなくなるから、かえって、せいせいするわ」

なるほど、そういうものかな……でも、患者が減ったら、どうするのかな、という心配もないではなかった。

梶山静香は、しかし香坂のそんな杞憂《きゆう》を笑いとばすように、診療には自信があるから、絶対に心配はない、と言い、

「それより、あさって、宇都宮から両親が上京してくるの。その時、私の恋人です、と紹介したいから、香坂さん、お願い、上手に芝居をしてくださらないかしら」

両手を合わせんばかりにして、頼む。

香坂はいい気分で、それを承諾した。


「さて、そういうことならぼくたち、もっと仲良くしなければいけませんね」

香坂は、中断していた女体愛戯を再開するように、むっくりと身を起こすと、静香の乳房に接吻《せっぷん》し、右手を股間のほうにのばした。

繁みの下は、熱い潤いを湛《たた》えたままであった。

あらためて指で探ると、美人女医の女芯《じょしん》は、やや後ろつきであることを発見した。

香坂は、それに見合う体位を提案した。

「え？　……後ろからあ……？」

美人女医は、こちらがびっくりするような大きな声をあげた。

「いいわ。後ろからなさっても」

独身美人女医はいそいそと、花嫁が礼拝堂で跪座《きざ》するようなスタイルをとった。

ぬかずくように、額を枕《まくら》に埋めこみ、両膝《りょうひざ》をつき、丸くて大きなヒップを高々と差しあげる。

香坂は、その後ろにまわった。

双丘がまろやかで、豊かである。

若さの盛りの豊麗さが、かがやいている。

香坂は、臀裂《でんれつ》のはざまになびいている性毛をかけ分けて、外陰唇の内側からめくれひらいている二枚の肉びらを指でひろげ、くつろげにかかる。

「いやーん。そこ、ご不浄のくちが見えるでしょ。あんまり、見ないでっ」

静香は、羞恥《しゅうち》の思いに悶絶《もんぜつ》せんばかりになって、腰をねじって、甘い声をあげた。

香坂は、未婚の女医の、Ｇコードの男に指名された分身を、左手でしごきたてる。そこはもう雄渾《ゆうこん》に猛《たけ》りたっている。

頭を枕につけて、ヒップを高く差しあげ、早くなさって、と催促する女医の、白い臀部の深く切れこんだ狭間《はざま》の濡《ぬ》れうるんだ割れ目にむかって、香坂はいきり立ち一気にあてがい、突きたてた。

「うっ……！」

なやましい呻《うめ》き声が、噴きこぼれた。

静香の頭がのけぞり、背中が弓のように反る。

香坂は奥まで、深く埋ずめ込み、そうしておいてから、二、三度、往復させた。

香坂の巨根が手前に引かれる時、鰓《えら》の部分で粘膜をかきだす按配《あんばい》になるので、膣口には赤みの強い二枚のびらつきの内側に、まくれひらく粘膜がのぞく。

白い汁も、そこからあふれてくる。香坂は未婚の女医のそこの眺めにいたく感銘を受けつつ、激しく腰を躍らせ、抽送をはじめた。

「ああっ……だめっ……そんなに強くなさっちゃ、だめええ」

未婚の女医はたじろぎ、突きつらぬかれながら、華やぐ。

香坂は、両手で美人女医の腰をしっかりと摑み、ぐいぐいと力感をみなぎらせて、奥まで突きたてた。

「ひーっ」

ヒップからつらぬかれて、梶山静香は高い悲鳴をあげ、高く立てた臀部で円を描くように振りまわしながら、佳境にはいってゆく。

美人女医は、やがて背を弓のように反らせ、月に吠《ほ》える犬のように顔をあげて、髪ごと頭を左右に打ち振った。

「あっ……あっ……だめっ……いっちゃう」

香坂は、クライマックスのきらめきを爆発させつつある静香の芯《しん》にむかって、自らもまたどくどくとエネルギーの塊りを、叩《たた》きつけていた。

第八章　野獣の密室

1

夜の七時に、やっと仕事が終わった。

さて……と、香坂秀一郎が机から立ちあがって帰り支度をはじめた時、卓上の電話が鳴りはじめた。

「はい、乃木坂モデルクラブ」

営業用の声をだすと、何と受話器からは撮影現場にいるはずのマネージャーの相原《あいはら》が、

「あ、社長ですか。舞弓《まゆみ》、そちらに戻ってませんか？」

かなりあわてた様子で、そう訊《き》く。

「ばかなこと、言うもんじゃない。舞弓君は今、きみと一緒に調布《ちょうふ》の撮影所だろ？」

「それが、いなくなっちゃったんですよ。最初のツーカットまでは収録したんですがね。休

憩をはさんで、さあ、スリーカット目にはいろうとした時、なかなか舞弓が姿を現わさないんですよ。それでみんなで手分けしてスタジオ中、探しまわってるんですがね、どこにもいなくって」

「また、わがままか?」

「どうも、逃げだした感じですね」

「困ったものだな。監督と衝突でもしたのかね?」

香坂は、椅子《いす》に坐《すわ》り直した。

「衝突というより、舞弓のほうのわがままなんですよ。あいつときたら、ちょっと売れだした途端に生意気になっちゃって……スタッフの指示には従わない、カメラマンの言う通りにはならない、監督には楯《たて》つく、撮影スケジュールはすっぽかす、といった按配《あんばい》で、先が思いやられますよ」

「そうか。彼女、まだ新人だからな。何かと不慣れなところもあるんだろう。よし、今夜中にも連絡をつけて、おれのほうでよく言い聞かせておくよ。現場のほう、今日はもう仕事にならんだろうが、皆さんにはよろしくお詫《わ》びを言っといてくれないか」

「わかりました。こちらはぼくの責任で何とか善処しますから、舞弓の教育、よろしくお願いしますよ」

相原は念を押すようにそう言って、電話を切った。

(――ゲタを預けられたな)

香坂は苦笑しながら、椅子に坐り直し、煙草に一本、火をつけた。

乃木坂モデルクラブのオフィスにいる三人の女子社員は、もう退社していた。事務所には、香坂一人しかいない。

乃木坂に面した窓の外には、もう夜がはじまっていた。香坂は立ちあがって窓辺に歩き、ネオンが入りはじめた乃木坂の街を見おろしながら、今、マネージャーが泣きついてきた一人の新人モデルのことを思いだしていた。

白旗《しらはた》舞弓は、モデル界では珍しくお茶《ちゃ》の水《みず》の名門女子大出の才媛《さいえん》である。

去年の十月、スチュワーデス試験にも受かってN航空に採用が内定していた。ところが折からの不況と国際線の減便で、N航空ではスチュワーデスの内定取り消しが相次ぎ、就職しても十月までは自宅待機という措置が取られたため、白旗舞弓も昨年の秋頃、ずい分、自分の進路について悩んでいたらしい。

結局、就職しても半年間、自宅で遊んでいるのなら何かアルバイトをしようということになり、もともと第二志望の世界だったモデル業界にチャレンジした。

乃木坂モデルクラブに応募した時、ちょうど香坂秀一郎が面接をし、「これはゆける」と直感して、即、採用となったのである。

折から、東大生のAV女優が話題をまいていた時だった。白旗舞弓は、同じ年齢のその女優にも対抗意識を燃やしていたらしい。

たしかに、スタイルもいい。

美貌《びぼう》でもある。

脱ぐぐらい、平ちゃら、という度胸もあった。

「それじゃあ、腰かけとは考えずに、本腰を入れてやってごらん。ビデオがヒットしたら、高級ウエイトレスよりずっと面白い人生が展開できると思うよ」

女の子がたいてい憧《あこが》れるスチュワーデスのことを、香坂はふだんから、「高級ウエイトレス」と呼んでいる。で、香坂がそう言って励ますと、

「はい。私、がんばります。東大生のAV女優なんかには負けません」

と、白旗舞弓は大いにやる気をみせて、健気《けなげ》に答えていたのである。

それから、暮れに一本、ビデオを撮った。女子大生ものだった。そこそこ、ヒットした。ビデオ部の営業も、「ゆけるんじゃないか」と乗り気になったので、香坂も、ファッションモデルとして売るより、官能女優の大型新人で売りだそうと考えて、二作目、三作目の企画を立て、今、三作目のOLものの撮影に入っていたところである。

(今の若い子は、ちょっと売れだすと、すぐいい気になるからな。舞弓には少々、ヤキを入れたほうがいいようだな)

香坂がそう考えた時、眼下にヘッドライトが光って、乃木坂モデルクラブのワゴン車が、

表通りから帰ってきたのが見えた。

図体の大きなそのワゴン車は、郊外の撮影現場にモデルたちを運ぶ時や、撮影機材や衣裳《いしょう》類を運ぶ時、遠出して野営する時などにも使える多目的社用車である。

ふだんは、このビルの地下駐車場に駐《と》めている。

今も、地下駐車場に入っていったようであった。運転席にはルームライトの灯《あ》かりに、チラリと女の顔が見えたので、もしや舞弓では……？　という気がして、香坂は急いで部屋を飛びだした。

エレベーターで地下二階まで降りると、広い地下駐車場の片隅に、乃木坂モデルクラブのワゴン車が、いま到着して所定の位置に停止したばかりのところだった。

地下駐車場にはまるでひと気がなく、無人である。

ワゴン車には車内灯がついていて、運転席には女が一人で乗っていて、イグニッション・キイを抜きとっている。

女は、間違いなく白旗舞弓だった。

やはり、撮影現場から一人で抜けだしてきたところらしい。

「どうしたんだい、白旗君――」

香坂は近づいて、声をかけた。

「あら、社長……」

白旗舞弓がびっくりした顔をみせる。

「勝手に撮影現場を放棄したら、困るじゃないか」

「……監督と喧嘩《けんか》したんです。今日はもう気分が乗りませんから、帰らせてもらいます」

「ちょっと、待ちたまえ。そんな態度では、きみはこの業界では出世はできないよ」

香坂はドアをあけて、ワゴン車の中にはいった。

運転席には坐らず、後ろのリビング・スペースのほうにはいって、真紅のカーペットの上に、腰をおろした。

ワゴン車の車内は、けっこう広い。衣裳でも何でも積める床には、深々としたカーペットが敷きつめられ、横に簡易ベッドと冷蔵庫が置かれている。

車内灯が陰影をただよわせ、密室の雰囲気を作りだしていた。

「ちょっと話がある。まあ、こっちにきて坐れよ」

香坂は冷蔵庫から缶ビールを取りだし、カーペットにあぐらをかいた。

「話って、何でしょうか」

舞弓が運転席から、リビング・スペースに移ってきて、香坂の横に坐り、瞳《ひとみ》の大きな、涼し気な顔をむける。

「きみ、この頃、少し生意気になっているそうじゃないか。撮影現場の人たちから、それで不満の声が、ずい分、あがっているぞ」

「そうでしょうか。どういうふうに生意気なんでしょうか」

「ほら、そういうふうに、すぐぷっとふくれる。今日のように、職場放棄をする。それから、きみはカメラマンや演出者の声に、耳をかさない。注意されると、反論する。そういうふうじゃ、きみはこの業界で、浮いてしまうよ」

「だって現場の人、私には理解できないことばかり、注文するんですもの」

「理解できないこと……？　いったい、どういうことだい？」

「舞弓の表情が硬いとか、もっとよがり声をあげろ、とか、エクスタシーの表情を作れ、とか……」

「どれも、あたり前の注文じゃないか。きみは挿入歌も出来ないのかね……」

「挿入歌ですって。私は歌手じゃありません。主題曲まで歌えなんて、無理です」

「違うよ。挿入歌というのは、例のテレビドラマの挿入歌のことじゃない。この業界では、挿入してからの声……つまり、よがり声のことなんだよ」

「よがり声ですかあ……わたし……一生懸命、出してるつもりですけど」

「一生懸命だしても、VTRじゃ駄目なんだよ、VTRじゃ」

「VTRって、何でしょうか？」

「同じことの繰り返しさ。ただ、スースー、ハーハー言うだけじゃ、ちっとも情感は盛りあがらない」

「だって私……ホントのエクスタシーをまだ知らないんです……むりですよう」

「ええーッ、キミって最初から、本番OKというから、撮ってたけど、本当のところは……イッたことがないのか？」

白旗舞弓は、ちょっとだけ俯《うつむ》いて、

「はい」

と、恥ずかし気に答えた。

思ったより清潔で、可憐《かれん》である。

今日はOLものを撮影していたので、彼女は美人秘書ふうに、白いブラウスに黒いタイトスカートをはいている。

（舞弓が生意気で、男の言うことを聞かないのは、案外、まだ女の歓《よろこ》びを知らないからかもしれないぞ。つまりは、男の強さを知らずに、素直にはなれないのかもしれないぞ。ここらで一発、レイプ同然で痛い目にあわせ、イカしまくってやれば、少しは素直になるかもしれない……）

香坂は、そんなことを考えながら、

「まあ、きみも飲《の》めよ」

缶ビールを取ってやる。

舞弓は、遠い撮影所から戻ってきた途端に香坂に説教されて癪《しゃく》にさわったらしく、喉《のど》を傾けて一気に缶ビールを飲み干した。

2

「珍しくありません。私のお友達の遊んでる子だって、イッたことないという子、たくさんいます。男なんか、みんなだらしがないんですよ」

「そうか。男はみんな、だらしないか」

「ええ、そうよ。舞弓のなかに入ると、みんなイッちゃうんだもの」

「なるほど、舞弓はまだ男らしい男に、出会ったことがないみたいだな」

そう言って缶ビールを飲み干すと、香坂は空き缶を片隅に放りなげておいて、両手をおもむろに舞弓の肩にかけ、ぐいと力を入れて自分のほうにむかせた。

「驚いたな。きみが、イッたことない、なんて」

あっと驚いたような顔をして、舞弓が見つめる。

香坂は問答無用で、静かに顔を寄せて、唇を被《かぶ》せた。

「あっ……やめて」

さすがにびっくりして、舞弓は顔をそむけ、あばれながら逃げようとした。

香坂はそのまま、両肩に両手を差しまわしてカーペットに押し伏せる。

「社長ったらあ……私をこんなところに押し倒して、どうするのう」

「どうするもこうするも、わかっているだろう。舞弓とあれをやるんだよ、あれを」

「わたしは、言いなりにはなりませんからね」

「生意気、言うんじゃない！」

香坂は、舞弓の鳩尾《みぞおち》を一発、拳《こぶし》を握り固めて殴ってやった。

「うっ」

と呻《うめ》いて、舞弓が苦悶《くもん》の表情ながら、まだ信じられないような、びっくりしたような顔をむけている。

「もう一発、喰《く》らいたいか。おれは殴るの、大好きだからな。何発でも見舞ってやるぞ」

「あっ……やめて……痛いっ……死んじゃうっ」

「まだ二発目は殴ってないじゃないか。そう大騒ぎするな。そろそろ、脱いでもらおうじゃないか」

「いやだあ……こんなところで」

「もうこの時間帯、地下駐車場には誰も来やしない」

「だって、ワゴン車の中なんて檻《おり》みたいだわ」

「その檻の中が良いんだよう。文句を言うな！」

香坂はたてつづけに舞弓の頬《ほお》に、往復ビンタをくれてやった。

思いがけないくらいに、派手《はで》な平手打ちの音が鳴り、舞弓が絹を裂くような悲鳴をあげた。

香坂は最初、舞弓が生意気なのは、女子大出の才媛《さいえん》で、スチュワーデスの仕事が内定しているからだと考えていた。

けれども、スチュワーデスのほうはその後、内定取り消しの通知を受けたそうだし、彼女としたら当面、この道をとことんやってみて、成功するしかないのである。

（それならば、妙な生意気さは、早く脱ぎすてたほうがいい。そうしてそのためには、イッたことがないという殻を、暴力的にでも何でも、一度とことん叩《たた》き壊してやることこそ、特効薬になるに違いない……）

「まだ、殴られたいか」

「痛い……痛いわよう」

舞弓は、衝撃で、後ろへずりあがっていた。

そこには、色とりどりの舞台衣裳《いしょう》が、うず高く積まれていて、まるで車内は花園である。

「どうしたんだい、愚図愚図《ぐずぐず》するな。脱ぐんだろ、とっとと、脱げよ」

香坂が上衣を脱いで、ぱっと後ろへ投げすてると、

「すけべえ」

びっくりするような、憎まれ口を叩いた。

舞弓は白い眼をむいて、まだ悪態をつく。

「姦魔《かんま》！　レイピスト！」

「レイピストで悪かったな。鼻っ柱のつよいお澄まし屋のおまえなんか、やりまくってやって、ちょうどいいんだ。おれのどでかいのをぶち込んで、突きまくってやる」

「ああ……言わないでっ……」

舞弓が気絶したような声をあげて、両手で顔を覆った。

「ぶち込むとか……突きまくるとか……そんなこと、言っちゃ、いや」

（おや）

と、香坂は思った。

気絶するような表情をみせながらも、舞弓はその中に一瞬、恍惚《こうこつ》としたゆらめきの炎を、漂わせ疾《はし》らせたのである。

（もしかしたらこの女、マゾっ気があるのかもしれないぞ）

と、香坂は思った。

（少なくとも、檻のようなこのワゴン車の中で、暴力的な性的情況に追い込まれることで、舞弓はかえって、初めてといっていいような、性感のゆらめきを感じはじめている……）

香坂は舞弓の顔から、彼女自身が覆っている両手を力ずくで引きはなし、

「おい、舞弓。うっとりして引っくり返ってる場合じゃないんだぞ。おい、脱げよ」

香坂が手を差しのばして、舞弓のブラウスのボタンをひきちぎろうとすると、

「ああ……やめて……自分で脱ぐわっ」

香坂の腕をふりほどくようにして、舞弓はブラウスのボタンをはずし、ぱっと胸を露《あら》わにする。

「いいじゃないか。その調子だ、スカートも脱げ」

「すけべぇ」

白旗舞弓は毒づきながらも、妙に頬を紅潮させて、香坂を下から睨《にら》みつけつつ、ベルトをはずし、タイトスカートの脇《わき》のホックをはずし、チリッとファスナーを引いた。

それから舞弓は、ハイヒールを脱ぎすてておいて、両手をスカートの脇にあて、長くてきれいな下肢から黒のスカートを抜きとってしまった。

「香坂社長もぼんやり見てないで、脱いだらどうなの。わたしにばかり脱がせるなんて、ずるいじゃない」

はだけられたブラウスの胸の前に、垂れ落ちている長い髪を両手で、肩の後ろにはらいながら、舞弓は妙に大人びた眼をむけて、挑むように言った。

（おやおや……ますます良い女になってゆく）

香坂は、ぞくぞくして、

「生意気いうんじゃない」

怒鳴っておいて、中腰になり、ネクタイをむしってワイシャツを脱ぎ、上半身、裸になると、褐色の厚い胸板をさらしながら、ベルトをはずし、ズボンを脱いだ。

ブリーフの打ち合わせの隙間《すきま》から、みなぎり勃《た》った赤黒い肉根がしなりを打って、躍りだす。

顔の正面の至近距離にそれを見て、舞弓が、

「ああ……」

息をのんで、目をまわしたような顔になった。

「……わたしに見せないで、それを」

「お上品ぶるなよ、このど助平」

香坂は片手でしなりの付根を握って、舞弓の顔のすぐ傍まで腰を移し、ゴムホースでひっぱたくように、舞弓の美しい顔を赤黒い肉根で、引っぱたいた。

「ああ……ぶたないで……それで、ぶったら、いや」

「好きなんだろう？　これが……えッ、おい、舐《な》めろよ」

香坂は自らの肉根で、美しい新人女優の頬に、往復ビンタをくれてやる。

「ああ……やめてったら、濡《ぬ》れちゃうっ」

舞弓は、鋭い叫びをあげ、強い羞恥《しゅうち》を浮かびあがらせるや顔をそむけ、逃げようとする。

けれども、香坂は情容赦なく、高貴な花びらを凌 辱《りょうじょく》するように、赤黒い肉根を、舞弓の

桜の花びらのような、美しい唇に突きたてた。

「どうだ。いい臭《にお》いがするだろう、ん？」

「言わないでっ」

舞弓は、今度はゆっくりと首を振った。

欲情しきった緩慢な動作だった。

おかしなことに、彼女の身体は震えている。

フェラチオよりも、このイラマチオは、たしかにある種の女に対しては、よく効く。

香坂が、赤黒い肉根で彼女の唇を嬲《なぶ》りつづけるうち、白旗舞弓はとうとう降参して、白旗をあげたようだ。自分の顔の前に突きだされ唇の中に突っこまれた香坂の野太い硬直に、おずおずと両手をあてがい、宝冠部に舌をからめつけてきた。

しかも、その顔が欲情しきっていて、唇の端からよだれを垂らしているのである。

ずるり、ちゅるるっと、欲深そうに吸う。

口腔《こうこう》深く呑《の》みこんでおいて、頬《ほお》をすぼめてねっとりと吸いあげる。

口のなかのなまあたたかい、ぬくもりと巻きついてくる舌のぬめりが、なかなかのものだ。

香坂は腰をふるい、美女をますます凌辱するように、舞弓の唇にむかって何度か抜き差ししてやった。

「うぐ……うぐっ」

喉奥《のどおく》が突き抜かれるように、顔が反る。

悶絶《もんぜつ》するような顔になりながらも、舞弓は男根のつけ根の、毛むらのあたりを握って、放さない。

「よしッ、うまいじゃないか。今度は全部、素っ裸になれ」

香坂は、ずるりと男根を引き抜いて、宙でゆらした。ぽたぽたと、銀色のしずくが舞弓の顔の上に、垂れ落ちる。

「嫌です。そういう言い方」

「嫌なことがあるものか。素っ裸になれ。ほらほら」

香坂がフロントホックのブラジャーに手をかけると、舞弓は自分でブラジャーのカップを取り去り、パンストを脱ぎ、水色のショーツだけを身体に残して、いまや荒鷲《あらわし》の爪《つめ》でどうにでも料理される牝鹿《めじか》のように横たわる。

「みんな脱げといったろうが……」

「最後のものくらい、男の人に脱がせて欲しいわ」

声は上ずって、震えている。

「よしっ、それなら脱がせてやる。今度はおれが舐めてやるからな」

香坂は薄手の水色のショーツを引きむしるように脱がせると、そのまま、双脚をひらかせてそのまん中に腹這《はらば》い、顔を繁茂の上に近づける。

舞弓は白磁色のきれいな肌をしていた。

乳房はやや小ぶりだが、股の間にそよぐ黒い繁みは濃く、猛々《たけだけ》しい毛の詰まりをみせていた。

車内灯と、ワゴン車の窓から射し込む光の中で、香坂は可能な限り舞弓の股を大きくひらかせ、濃い毛のつまりを左手で掻《か》きあげ、赤熟れ葡萄《ぶどう》の剝《む》き実色にぬたつく女の割れ口を、眼下に露わにした。

熟れたあけびのような割れひらき部分は、毛むらとともに、心持ち上から引っぱりあげられて、女裂が長くよじれて、粘膜の合わせ目から露が噴く。

「ああん……おやめになって……社長」

舞弓はもはや、羞恥のため失神しそうな声をあげている。

（いい眺めじゃないか）

香坂はこみあげをおぼえ、まず指でいたぶる。

赤紫蘇《あかじそ》色に膨らみ、めくれを打っている内陰唇の肉びらをくつろげ、内側のルビー色に濡れ光る粘膜のぬたつきを割りひらくと、舞弓は香坂に見られている、というそのことだけで感じてきたらしく、あ、あ、と腰をふるわせ、

「いやあーん、感じちゃう」

と、驚くべき声を放った。

舞弓は前に一度もエクスタシーを知らない、つまりは深く感じたことがないと言っていたはずではないか。

「まだ何もしてないんだぜ。いじってるだけじゃないか」

「だってえ……ああッ」

顔を横にむけつつ、息を弾ませている。

まくれ返りを打って、そそりのびた内陰唇のびらつきを、二指ではさんでさすりたて、上端の屹立《きつりつ》した肉の芽を親指の腹で少し乱暴に、押し転がしてやると、

「あっ……」

と、腰がひくつき、

「イッちゃうよう」

舞弓の口から、びっくりするように声がほとばしった。

（今まで、舞弓はイッたことがない、と言ってたはずなのに）

香坂は、花園の蹂躙《じゆうりん》に、いっそう欲望を覚え、自信を持った。

黒い繁茂の下には、なまあたたかい愛液がみるみる湧出《ゆうしゆつ》している。香坂は指を濡らされながら、秘口にひろがるその液をすくいあげると、上端の肉の芽に塗りつけ、こすりつけ、そうして秘孔《ひこう》のとば口の下辺をぐいと押しつつ、指を膣洞の奥にすべりこませた。

「ああんっ……むうっ」

舞弓の腰がひくつき、高い呻《うめ》き声があがった。

「ううっ……ううっ」

香坂は柔肉に喰《く》いしめられる指を、二、三度、抽送する。

「あっ……あっ……あっ」

香坂は、舞弓の肉洞の内奥にくぐり入れた中指で、うごめき、ざわめきたつ通路の粘膜を、掻きまわし、蹂躙した。

「ああ、そんなに奥をまさぐられたら、舞弓……変になっちゃう……あっ……そんなにぐりぐりしないでっ……イッちゃう、いくっ」

熱いうるみと牝《めす》の臭気を、割れ口から噴きあげながら、舞弓はのけぞり返って、喉《のど》を絞るような声をあげた。

3

何だ、ちゃんと感じてるじゃないか……。

香坂は内心、ニヤリとした。

「イカずの舞弓と聞いてたけど、どうしたんだ。今日はちゃんと、イッてるじゃないか」

「いやっ……言わないでっ」

軽く達したらしい舞弓は、恥ずかしげに顔を横にそむけたが、声はまだ、香坂の指の動きに甘えている。

香坂はまだ、指を膣に沈めていた。

「ここはどうだ？　ん？」

香坂は指を抜いて、今度は充血しきった上べりの、肉真珠を二指ではさみ、押し転がした。

「あっ……いやっ……また、感じちゃう」

「やはり、そうだな。ここが好きなんだろう、ん？」

香坂は、指を膣口の下べりに移しつつ、クリトリスに口唇愛をふるまうために、顔を茂みに近づけた。

繁茂の下の肉真珠に唇を押しあて、舌で押しころがす。

次に強く吸い込み、甘嚙《あまが》みする。

「あっ……いいっ」

軽くリズミカルに甘嚙みされると、おこりがついたように、舞弓の腰が震えはじめる。

あまり、震えが激しいので、引きつけでも起こしたら大変だと、香坂はあわてて甘嚙みを解いた。そうしていったん、肉真珠から口を離して、うるみにまみれた割れ目の中に、舌を沈めた。

今度も、舞弓の口から小さな悲鳴が上がり、腰が甘やかにはずんだ。

香坂は、指で剝《む》き身のような、対《つい》の内陰唇ごと舞弓の割れ目をひろげ、ルビー色の襞《ひだ》の狭《はざ》間《ま》に唇を沈め、吸いたてた。

すると、

「ああっ」

とか、

「いやっ」

とか、

「だめっ」

と言った言葉が、ひっきりなしに身悶《みもだ》えを打つ舞弓の口から衝《つ》いて出る。

「もう……いい……かんにん……社長、いらっしゃって」

あせったように両手を宙に泳がせて、香坂自身に早く入ってくれ、入ってくれ、と訴える。

（そろそろ、いいかな）

さんざん、嬲《なぶ》り、取り乱させたので、もうあとはきつい一発で決めこめば、舞弓はきっと上手に仕上がって、オトナの女に変身するかもしれない。

香坂は半身を起こし、みなぎり勃《た》った自らの尊厳を、濡《ぬ》れうるみの中にあてがい、ぐっと突き入れた。

「あっ」

案の定、高い悲鳴があがる。

「ひいっ……ふといっ……切れちゃうっ」

舞弓の美しい顔が夜叉《やしゃ》のように歪《ゆが》み、香坂は柔肉のぬくもりの中で、硬直を締めつけられていた。

きりきりっと、糸で括《くく》るように縛りつけるその緊縮感の中を、香坂は犯すように、突き抜くように、ダイナミックに抜き差しした。

「ああっ」

のけぞり、舞弓があわてふためく。

香坂は、奥に到着したのを確かめるたび、ぐいぐいと、力強くその奥壁を突き抜いた。

「ああっ……変になる……いきそう」

薄く開いた女の唇の中で、赤い舌が忙《せわ》しく閃《ひらめ》く。

舞弓は、その舌で自らの唇を舐《な》めながら、香坂の両腕をひしと摑《つか》み、くるったように腰をもちあげて、応《こた》えはじめている。

「ああっ……だめっ……イキそう……イッちゃうよう」

舞弓の口から、激しい声が放たれた。

蜜《みつ》を噴きだす割れ口が、男を求めて痙攣《けいれん》する。

香坂が少し腰を浮かし、肉根を退《の》けかけると、ああ、だめっ、抜かないで、と叫んで、追い腰を使い、われを忘れて、舞弓は腰で円を描いた。

しかし、さしもの舞弓も、彼女の追い腰に答えて、香坂が深くストロークをとって、カウンターパンチを数度、打ち込んだ瞬間、

「ひーっ」

と、絹のような悲鳴をあげて、はじめてクライマックスを迎え、男を包んだ柔肉をびくびくと顫《ふる》わせていた。

——香坂の読み通り、白旗舞弓がころっと人が変わったように、おとなしくなり、従順な、いい女になり、演技にも生の官能性が出てきて、評判の大型新人女優に豹変《ひょうへん》したのは、その翌日からであった。

第九章　背徳の処女教育

1

新宿《しんじゅく》の区役所通りにある明るい雰囲気の喫茶室に、初夏むきのラベンダー色のワンピースを着た紺野美寧子は先にきて、香坂秀一郎を待っていた。

自分のテーブルに近寄ってくる香坂を認めると、にっこりと笑って立ちあがり、頭を下げる。

「やあ、どうも。坐《すわ》りましょう」

香坂は相手に椅子《いす》をすすめ、自分も硝子《ガラス》テーブルをはさんだむかいに坐った。

ウエイトレスにコーヒーを頼み、すぐに美寧子のほうに顔を戻して、

「いやあ、助かりました。先方の社長が大層、喜んでましてね。あの〈牡丹鶴《ぼたんづる》〉のコマーシャルフィルムはぼくが見ても、ほれぼれする。あんないい女に撮れてて、お酒を美味しそう

に飲んでらっしゃるんじゃ、社長が大喜びするのも当然ですよ」

と香坂はまず、礼を言う。

「そうですか。香坂さんの担ぎだしがお上手だったから、わたし、つい乗せられたみたい。でも、よかった。わたしは恥をかいたつもりだけど、皆さんに喜んでいただけたのなら、助かりましてよ」

「喜ぶも何も、嵌《は》まり絵とはあのことですよ。パリやミラノのファッションショーで活躍していたあなたが、あんなに和服が似合って、吟醸酒のイメージにぴったり合うとは思わなかったですね」

本当だ、嵌まり絵とはこのことを言うのかもしれないな、と香坂は思った。

ひとつの物事が予想通りにすすんで、その最終的な決着シーンがあまりにも見事に決まっている場合など、そのシーンを嵌まり絵という。

香坂にとって、先週、制作が終わったばかりのコマーシャルフィルムの仕事に、紺野美寧子を起用したことは、まさに嵌まり絵だったな、というわけである。

紺野美寧子は、いつぞや巨体力士と結婚するアイドルの西塔寺聖美に、処女教育をしたときの香坂の相手であり、目黒区八雲の美人である。結婚するまで、パリやニューヨーク、ミラノなど、国際的な舞台で活躍する一流ファッションモデルだった。

現役時代にアパレル系の会社を経営する実業家に見染《みそ》められ、玉の輿《こし》にのったくらいだから、水際だった美人だった。しかし、その実業家に早逝されて、三十二歳の若さで未亡人となった不幸な女である。

仕事柄、香坂とは親しかったので、何度かモデル界に復帰させようとしたが、有閑夫人となって生活に困らない彼女は、もう忙しい思いはしたくはない、と言ってなかなか仕事をしたがらなかった。

ところが一ヵ月前、銀座でばったり会ったので夕食をともにし、並木《なみき》通りの、あるカウンターバーで飲んでいる時、たまたま東北の大手酒造メーカー「牡丹鶴」の社長と隣合わせになり、話しているうちに、その社長が紺野美寧子に一目惚《ひとめぼ》れしてしまったのである。

「うちで、来月から〈夢一夜〉という絞り酒と〈夢殿〉という大吟醸の大々的なキャンペーンをやります。ぜひ、キャンペーンモデルになってほしい」

と、その場で熱烈に口説きはじめたのである。

ちょうど、その夜、彼女は和服を着ていた。若草色の紬《つむぎ》であった。もともと、紺野美寧子は、バタ臭い生活をしていたわりには、和服がよく似合う。やや小づくりながら、均斉のとれた身体つきをしていて、和服を着ている時は、たいてい豊富な髪を頭の後ろでアップにまとめあげているため、細い頸筋《くびすじ》が長くきれいに見える。

長く一流モデルをしていたので、引退しても顔の表情に張りがある。目線の動きや身ごなしに、切れ味があった。未亡人になってかえって、上品な色気が出ていた。

銀座のその夜、彼女は紬を着て、束ねた髪に粋《いき》な長い髪挿しをさしていた。その粋な姿がまさに、凍結したガラス酒器で吟醸酒をきゅっと飲む、という社長が求めていたイメージにぴったりだったのである。

「ねえ、香坂さん、何とか、口説いて下さいよ。香坂さんと私の誼《よしみ》じゃありませんか」

香坂は、その社長にせっつかれると弱かった。香坂の大学の先輩でもあったし、「牡丹鶴」のイベントに、何度かコンパニオンを派遣したこともある。

それで、香坂は紺野美寧子を口説き落として、宣伝ビデオのモデルとCF撮りに、本格的に起用することに、成功したのである。

先週、その制作ビデオとCFがあがった。試写を見た社長は大層喜んで、やや興奮した口調で電話を入れてきた。

「新宿にうちのお酒をだしている料亭があります。お礼をしたいので、二人お揃《そろ》いで、ぜひ一献――」

ということになって、今日、香坂と紺野美寧子は早めに区役所通りの喫茶室で、落ちあったのである。

落ちあう用件を伝えた時、紺野美寧子はそれにあわせて、香坂には別件の相談がある、と話していた。その相談というのは何だろう、と思いながら、香坂はコーヒーをゆっくりと味わいながら、飲んだ。

初夏の木曜日の夕まぐれどき、香坂は珍しく、のんびりした気分だった。ホテルビルの中二階にあるその喫茶室の窓は、通りに面していて、林立するバービルには、まだネオンサインははいっていなかった。

「それにしても、あなたはずい分、色っぽくなったじゃありませんか。男でも出来ましたか?」

香坂は、美寧子のほうに顔を戻した。

「やだあ、男だなんて」

はにかんだあと、「そう見えまして?」

「ええ、瞳《ひとみ》が潤んで、肌がつやつやしているもの。CFが成功したのも、その色気がでてきたからですよ。女性ホルモンの分泌がまた潤滑にうるおいはじめたという気がしますが」

「……男は今、やめてるんです。香坂さんは相手にしてくれないし、物欲しそうにするのは、みじめったらしいでしょ。幸い、私になついてくるメイキャップアーチストのいい娘がいましてね。いま、レズやってるの」

「ええーっ、レズ……?」

香坂は驚いた。「それは、また──」

「そんなにおかしい?」

「いや、おかしくはないけど、驚いています」

「笑わないでよ」

「いいえ、笑いはしませんよ。あなたがレズってるところ、見たいくらいだ」

「でもあたくし、レズにすっぽり嵌まりこんでるわけじゃなくってよ」

仕方なく今はそれに、緊急避難しているところ、というわけのようである。

「じゃあ、本音をいえば、両刀使い……？」

「うふっ……もちろん……叶《かな》えられれば、殿方の方いただきたいのよ」

香坂は、わざと聞こえなかったふりをして、

「ところで、ご相談って、何です？」

いきなり話を本題にふり戻すと、美寧子はますます、はにかんだ表情をみせた。

「言いにくいんですけど」

「おっしゃって下さい」

「ほら、いつぞや香坂さん、ラッキーエンジェル社の女専務に頼まれたといって、初夜権社長のお仕事を、私のほうにお持ち込みになったでしょう」

「ええ、そうでしたね。アイドル系のスター西塔寺聖美に、初夜教育をする仕事を、あなたに手伝っていただきました」

香坂は、数カ月前のあの仕事を思いだした。目黒区八雲の美寧子の家で、バレリーナのように、可憐《かれん》なハーフの処女を傍においで、女上位でこの美寧子が跨《また》がってきた時の喘《あえ》ぎとわな

なきは、今でも香坂の脳裡《のうり》に灼《や》きついている。

「……で、あの時の聖美が、どうかしましたか」

「いえ、聖美さんのことではないんですけど……私のところに出入りしているそのメイキャップアーチスト、湯村千絵美《ゆむらちえみ》っていうんですけどね。二十二歳にもなっていて、まだ処女で、男性恐怖症なのよ。そのくせ、本音のところでは、結婚願望もありそうだし、今のうちに男性恐怖症を、克服させてあげたいと思ってるの」

ほう、これは面白い話になってきたな、と香坂は思った。

うまくゆくと、またもや処女を破ってくれ、という話かもしれないではないか。

「つまり、ぼくに処女教育をしてくれと……？」

「ええ。……そうなの」

「それで、いつかと同じように、あなたとぼくのセックスを見せて、男に対する恐怖心をとり除いてやった上で、その娘を抱いてくれ、とおっしゃるわけですかね」

大方、そういうことであろうと見当をつけて、香坂が先回りして言うと、

「おいやかしら？」

美寧子は、もう恥じらわない瞳をむけていた。

「だって私、香坂さんのお仕事に協力してさしあげたのよ。あれ以来、香坂さんとは一度もいたしてないわ。私、そろそろ……拝見したいんですけど」

「拝見したい、か。お上品なことをおっしゃる。本音はやりたい、ということなんでしょう？」

「そんなこと、女性の口から言えることじゃありません」

紺野美寧子のお上品な顔に、明らかに微《かす》かな怒りがこもっていた。

香坂は、腕時計をみた。

夕方の五時ちょっとすぎである。牡丹鶴の社長の招待の席は、六時である。

香坂は伝票をとりあげ、

「じゃ、出ましょうか」

「え？　もう……？」

美寧子が驚きの顔をむける。

「どうなさったんですか。拝見したい、とおっしゃったじゃありませんか」

香坂はレジでお金を払うと、中二階のフロアに出たところで、エレベーターの方にあるいた。

ハコが開いたので、乗って七階のボタンを押した。エレベーターが上に昇りだした時、美寧子がやっと気づいたように、

「あら、ここ、ホテルでしたの？」

「ええ、そうですよ。四階まではブティックや花屋やバーなどのテナントが、いっぱい詰ま

っていますけど、四階以上はシティホテルなんですよ」

「まあ、そうでしたの。……でも……」

「大丈夫です。先方との約束の時間には、まだ三十分以上あります。上に部屋を取ってますから、ちょっとだけ」

「やだあ、ちょっとだけなんて——」

「ちょいの間、というのも粋なものでしてね」

エレベーターは、もう七階に着いていた。

2

七〇一号室のドアをあけて、はいる。

夕暮れ前の、歓楽街のすぐ傍のホテルの部屋は、ばかに森《しん》としていて、甘酸っぱい静謐《せいひつ》を湛《たた》えている。

香坂はまっすぐ窓際まで歩いていって、ベージュ色のドレープを締めた。鏡の前に戻って美寧子を抱き寄せてキスをする。

「ああん、ちょっとお待ちになって……千絵美のことですけど、まだお話は済んでなくてよ」

抗《あらが》う美寧子を無視して、香坂は無言でベルトレスのスラックスのファスナーを引いた。勃《ぼっ》起《き》した肉根が自分の手で摑《つか》みだされて、打ちゆらぐように躍りだした。

「どうです。拝見したい、とおっしゃったでしょう。摑んでみませんか」

香坂は愉《たの》しむように自分の露悪趣味を押し売りしながら、美寧子の白い手を、抜き身のほうに導いた。

肩を抱き寄せられたまま、女の恥じらいを無視して導かれ摑まれて、最初は驚き、怒っていた美寧子が、やがて指先に意志の力をはっきりとこめてまさぐりはじめ、重い溜息《ためいき》をついた。

「……拝見させて」

やがて、痰《たん》が絡んだような声で言い、美寧子は床に両膝《りょうひざ》をついてうずくまり、顔の前に突きだされた男の太い肉を、ぼうっと仰ぎみる。

両手がベルトレスのスラックスのボタンにのびて、はずし、香坂の下半身を脱がそうとする。

「いや……時間がないから、このままでいい……口受けしませんか」

「意地悪ばっかり」

「いらないんなら、収《しま》いますよ」

「あ、収うのはやめて。せっかく武者ぶりのいい若武者を躍りださせているんですもの、武者ぶりつかなくちゃ、うそよ」

香坂の赤黒くいきり勃《た》った肉根を両手の指で捧げもつと、美寧子は自分のそのよく出来た語呂合わせに、はにかんだような笑みを浮かべる。

「どうしたんです。武者ぶりつくんじゃなかったのですか」

「え……ええ……ちょっと、胸が一杯になって呼吸、ととのえてるところ」

香坂がさらに腰を突きだすと、視線は気恥ずかしそうな眼差しで、男の顔をふり仰いだまま、ひそやかに突きつけられた亀頭部に唇を被《かぶ》せてきた。

それから、美寧子はゆっくりと眼を閉じる。

ねっとりと、香坂の翼の張りだし部分を深く口に含む。

暖かい色のルージュを塗った甘美な二枚の唇が、香坂の張りつめた翼頸部を締めつけ、ゆっくりと前後に滑りはじめた。

うっすらと眼を閉じて、口受けの奉仕をする美寧子の髪に手をまわし、

「ずい分とおいしそうじゃありませんか。レズ狂いしてるとは思えませんね」

「両刀使いだと言ってるでしょ。やっぱり男性のほうが、しゃぶり甲斐《がい》がありましてよ」

香坂は、その夕まぐれの気まぐれにひどく満足し、美寧子の生あたたかい口腔《くち》の中を、彼女の性器に見たてて、ぐいと剛直を喉《のど》もとまで突き込んだ。

「むう……」

美寧子は眉《まゆ》をひそめて、苦しげに鼻息をあらげて、つるりと口の中の香坂を、ぶどうの実でも吐きだすように口から解放し、手でひくついて揺らぐ香坂の肉根をつかんだ。

「……わたし、レズ相手の千絵美ちゃんを倖《しあわ》せにさせてあげたいの。ね、香坂さんのこれで、彼女をいっぱい突きまくって、男の味を覚えさせてちょうだい」

美寧子の頭の中では、喫茶室からの話のつづきだったらしいが、香坂はその話を納得するのに、いささかとまどった。

「千絵美というのは、本当に処女なのですか」

「自分ではそう言ってるわ。男の人とはまだセックスしたことがないんですって」

美寧子は、半開きの唇を香坂の亀頭部に、なすりつけるようにして、美味しそうにあそびながら頷《うなず》く。

右手の五本の指で、香坂の軸のあたりを握りしめて、上下に擦《こす》りつけたり、袋のあたりを左手の掌でいらったりしながら、不意にまたくちづけをしたりする。

「そんなにいとおしくて仕方ないものを、千絵美にあげてもあなたはやきもちを妬《や》きませんか」

「ううん、私なら大丈夫よ」

ずるりと、香坂を頬《ほお》ばってから二、三度、顔を前後させ、それからまた顔をはなして頬になすりつけながら言った。

「……あの娘《こ》、可哀想《かわいそう》に心に深い傷を負っているみたいなの。高校時代に下校中、北鎌倉《きたかまくら》の山の中に引きずり込まれて、男性三人にレイプされそうになって、それで男嫌いになったみたい」

美寧子のところに出入りしているメイキャップアーチストは、北鎌倉の私立高校の卒業生らしい。新聞やテレビは騒がないが、鎌倉は山の中にある街なので、女子高校生がよく暴漢に山の中に引きずりこまれてレイプされる事件が多いらしい。

「それじゃ、千絵美も暴漢に襲われた時、処女は喪《うしな》っているんじゃないのですか」

「本人は大暴れしたので、男性はまだ受け入れていない、と言ってるわ。暴れすぎて殴られたり、手足を傷だらけにしたりで、惨憺《さんたん》たるありさまで、死ぬような目に遭ったと話したことがあるわ」

「しかし、三人がかりの男に襲われて、未遂というのは考えられない。むしろ、最悪の場合、輪姦《まわし》の可能性のほうがつよいですがね」

「普通では、そうかもしれないわね。でも、相手の男たちって、みんな同じ高校の三年生だったんですって。それで千絵美があまり大声で暴れたので、一人が怖気《おじけ》づいて逃げだし、あとの二人も怖気づいて、最後にはみんな逃げだしたらしいわ」

「いずれにしろ、暴力を受けながら、何度も突っこまれそうになったので、男性のペニスに嫌悪感と恐怖感が昂《こう》じた……？」

「そうみたい。男性のペニスはまったく受けつけないみたいよ。見るのもけがらわしいってところじゃないのかしら」

そう言いながら、美寧子は、こんなにも可愛《かわい》らしくて、いとおしくて、美味しいものなのにねえ……千絵美って可哀想……と、含み笑いを洩《も》らし、蛇のように躍るしなやかな舌で、香坂の亀頭部の鈴口をくすぐりたてた。

「おおうっ」

電流でも差し込まれたような痺《しび》れに、香坂は腰をふるわせた。

「……ところで、千絵美がそんなふうなら、ぼくが処女完了婚の儀式をしてやるにしても、普通のやり方では難しい、という気がするけど」

「そこなのよ、香坂さん。あなた先刻、私と千絵美が愛しあうところを見てみたい、とおっしゃってたでしょう」

「ああ、言いましたよ。本物のレズなんか、めったに見られるものじゃないですからね」

「でしたら、私たちの部屋にこっそり、いらして。千絵美ちゃんと私がもつれているところにすべりこんで、まず最初に彼女の前で、私を抱くのよ」

「すると、あなたはよがる。男のものは少しも恐くはないところをみせる。そうして最後に千絵美に突っこむ……」

「そう、そうなさってほしいの」

美寧子はうなずいた。「それだと、万事がうまくゆくでしょう。私のほうで、あの娘のあそこ、べちょべちょに濡《ぬ》らしておくから」

「お上手なことを考えるものですね」

「うふふっ……私も楽しみたいからよ」

美寧子はくすくすっと笑い、またぞろ香坂の鈴口に、舐《な》めるように舌の先を滑らせてきた。

「おおうっ……前触れもなしに」

香坂は腰を震わせて、呻《うめ》いた。

美寧子は、香坂が驚きと狼狽《ろうばい》の反応をみせるのが面白いのか、再び肉根の翼の頸部《けいぶ》に唇を被《かぶ》せて、翼の傘がすっぽり見えなくなるまで、ずるりと口にふくんで、ちゅるるっと吸った。

浅く深く、美寧子の朱唇が、前後にすべりはじめた。未亡人の唇と唾液《だえき》によって、肉根が磨かれてゆく。

香坂は、重い痺《しび》れとこみあげを感じていた。これは、明日といわず明後日まで、局部の疼《うず》きが残るやり方だな、と香坂は思った。

香坂は若い頃、子宮派作家といわれていたある女流作家の小説の中に、子宮が疼くとか、男に愛された翌日や翌々日まで、乳房や女芯《じょしん》の奥が熱くほてって疼き返しを伝える、といった表現があって、それがどうにもわからなかったのを憶《おぼ》えている。

しょせん、男と女の違いか、あるいは文学的誇張だろう、と思っていた。

けれども三十四歳をすぎて、幾多の女性との交わりが深まるにつれ、あの表現がまさに正しかったということを、最近、理解するようになった。男を受け入れる女性の構造と生理なら、さもありなん、という理解に加えて、男もまた、まったく同じであることを発見したのである。

女芯に深く喰《く》い締められて、長時間何度も交わったあとは、翌日も翌々日も、身体のある部分が、熱く火照って疼きの脈動を伝えているし、どうかすると、三日前に女性と交わる以前よりも強く、欲情している時がある。

人間の性の、いや生命の深淵《しんえん》を覗《のぞ》くのは、そういう時である。

これもあとに残るな、と香坂は感じた。

香坂は、こみあげを覚えていた。

下半身が熱くなり、腰椎《ようつい》の奥をするどい放射感が突き抜ける。

いましめと抑制を解けば、たちまち美寧子の口中に発射しそうであった。

香坂は女性の口の中に、発射したことはまだなかった。もったいないと思うし、そんなに浅ましく変則的なことをしなくても、女性のまともなところの深奥部に射ち込んだほうが、男も女もやはり、最終的には一番、深い満足感が得られる、と思うからである。

香坂はつまり、変態ではなかった。

しかし、今は違った。この元モデルの美しい未亡人の口腔《こうこう》の中に、思いっ切り浴びせ叩《たた》きつけてみるのが最高に楽しいのではないか、という誘惑に駆られはじめている。

(彼女とまともに交わるのは、千絵美に見せる時でもいいではないか……)

そう思ううちにも、美寧子の唇がまくれかえって前後し、彼女は軸までも握って、こすりたてつづけている。

「おおう、おおう」

肉根の脈打ちで、美寧子は香坂の吐精近しという情況を、知ったようである。

「おおう、出そうだ!」

「あ、だめよ、いやっ……出しては――」

美寧子は、くぐもった声で言った。

「あたしにちょうだい……ねえ、ベッドで」

香坂はしかし、もう待てなかった。

もう待てない、というよりは、この美しい未亡人の口の中にどうしても放ちたかった。

あわてて唇をしりぞけ逃げようとする美寧子の髪ごと、頭を後ろから両手で押さえ、自分の腰のほうに強く引きつけるようにして、ひくつきはじめた肉根を、その奥まで咥《くわ》えさせて、突いた。

腰を激しくゆすりたてる。

突きだす具合になった。

「あうっ」

美しい顔がのけぞる。

「おおうっ、いくっ」

香坂は、かすれた声で宣言し、つぎの瞬間、下腹部の肉をひくつかせて、彼は美寧子の口の中におびただしいエネルギーの塊りを、白液としてはじけさせていた。

「ううっ…うぐっ」

美寧子の美しい眉根《まゆね》が寄る。

香坂は軽いめまいを覚え、深く満足した。

「ありがとう。美寧子さん」

腰をしりぞけ、まだみなぎり立っている赤黒い肉根をずるりと引きだすと、美寧子は一言も発せず、口を固く噤《つぐ》んだまま傍らのティッシュの箱から二、三枚、指先につまんでひきずりだすと口にあてて、口腔の中に溜《た》まっていた大量の白液を、とろとろと吐きだした。

さすがに、飲み込む勇気はなかったらしい。

こぼれないよう、追加したティッシュもろとも幾重にも小さく畳んで始末すると、そのティッシュの端で唇のまわりをぬぐいながら、

「出さないで、と言うのに、いきなり出すんですもの。香坂さんって、ひどい――」

怨《うら》みがましく、下から睨《にら》みあげる。

「ひどいんじゃなくて、若いんですよ」

「それにしても、乱暴なんだから、もう」

「ごめん。今度はちゃんと、淑女のあそこに納めますからね」

「きっと、よ」

男性をズボンの中にしまっている香坂を見上げて、美寧子は眼で怨んだ。

でも、美寧子の瞳《ひとみ》はその時、膜でもかかったようにとろんとしていて、首筋から頬《ほお》までまっ赤に紅潮させて胸を喘《あえ》がせている風情に、いつにない女の興奮と、女の怺《こら》えが見え隠れした。

（いま、指で探ったら股間の繁茂の下は、べとべとだろうな）

香坂は行為になだれこむ余力を残してはいたが、しかしそれは、千絵美を交えての次の機会に残すことにして、

「じゃ、千絵美の処女教育をなさりたい時、連絡して下さい、期待してます」

「きっと、よ。……電話します」

そこでやっと幾分、腰をふらつかせて、美寧子はよろよろと立ちあがった。

「私、化粧室で顔を直してきます。およばれの席まで、あと二十分くらいかしら……？」

3

翌週の金曜日、紺野美寧子から電話がはいった。

あすの土曜日、湯村千絵美が家にくるから、例の計画を実現させたいが、いかがでしょうか、という電話であった。

土曜日なら都合がいいので、八雲にゆく、と香坂は答えた。

午後三時に行くことになった。

その日、香坂は休日の、誰もいない乃木坂のオフィスでたった一人で、朝から昼すぎまで山積していたデスクワークを精力的にこなし、午後二時すぎにオフィスを出た。

香坂は、駐車場で車に乗り、目黒にむかった。

土曜日の道は、空いていた。ゆっくりと運転しながら、これから会う湯村千絵美のことを考えた。
二、三日前、美寧子が一度、乃木坂モデルクラブにつれてきたことがある。メイキャップアーチストとして、オフィスで雇ってみる気はないか、という紹介の仕方で、さりげなく面通ししたのであった。
一度、顔を合わせておいたほうが、いざ臨戦という時に都合がいいだろう、という魂胆からのようであった。

湯村千絵美は、若い娘に似合わずしとやかな雰囲気を身につけていた。性格もおとなしく、余計なことはあまり喋《しゃべ》らない印象であった。

だが、寡黙《かもく》というわけではなく、おばさま、と呼んでいる美寧子と一緒に並んで香坂とお茶を飲んでいる間は、けっこうよく喋ったし、よく笑いもした。

笑うと、二枚の花びらのような唇許《くちもと》が愛らしい。キュートで、きれいな顔をしていた。北鎌倉の、古美術品屋の娘だという。

二十二歳というよりは、まだ二十歳になったばかりという感じである。

メイキャップアーチストなら、香坂のオフィスでも欲しい。テレビ、劇場、映画、モデル撮影、ファッションショーなど、いまや俳優やモデルが行くところ、仕事するところ、すべてこれ、顔の化粧と着付けからはじまるから、メイキャップアーチストとスタイリストは、現代の映像ショービジネスやマスコミ産業に切っても切りはなせないのである。

今、湯村千絵美はフリーで、幾人かのタレントと契約して、テレビ局の仕事をしているという。場合によったらそのうち、乃木坂モデルクラブの専属メイキャップクリエーターとして引っぱってもいいな、と香坂は思っている。

（でも、今日はまだその前に……）

香坂の好色な血は、目黒に近づくにつれて騒いだ。

高級住宅街の落着きをもつ目黒区八雲の家は、ひっそりとしていた。電話では千絵美と先に二人で寝室に入っているので、お手伝いの案内で三時ジャストに寝室にはいって来て下さい、ということであった。

打ち合わせ通り、玄関に立ってブザーを押すと、若いお手伝いが顔をだして、

「どなた？」

「香坂ですが」

「あ……いつぞやは。どうぞ、こちらへ」

お手伝いは、二階の奥まった一室へ案内した。

いつぞやの聖美の処女権行使の時は、一階の奥座敷だったが、今日は自分の寝室のようであった。

「どうぞ、こちらです。静かにおはいり下さい」

案内したお手伝いは、ドアの前で指示し、では、どうぞよろしく、と意味ありげに、恥ずかしそうに顔を伏せてお辞儀をすると、一階に降りていった。

香坂は、そっとドアをあけて、身をすべりこませた。

なるほど、広いすてきな寝室だった。カーテンの閉められた窓際に、セミダブルのベッドが据えてあって、そこからすでに熱い喘ぎ声が洩《も》れていた。

二人の裸女はすでに巣ごもりをしていた。レズタイムはつい先刻、はじまったばかりのよ

うである。

美寧子は背後から、千絵美を抱いている。

その白い手が、千絵美の乳首をかまい、もう一方の手を股間にまわし、女同士の巧妙な指使いを見舞っているようである。

二人とも、掛布はもうはだけられていた。

「ああ……おばさま……そんなことしちゃ、いや」

時折、美寧子の腕の中で千絵美の、少し背を丸めた裸身が身悶《みもだ》えしている。

「ああ……おばさま、そんなことしちゃ、いやだ、いやだ」

喘ぎながら、千絵美が泣くような声をあげている。

今、彼女の顔は見えないが、先日、会ったあの可憐《かれん》な顔を思いだすと、香坂は傍で見ているだけで猛《たけ》った。

「いやだなんて言いながら、濡《ぬ》れてるわよ、あなた」

千絵美の首すじを舐めながら、美寧子が愉《たの》しげに言っている。

「いやっ……おばさまったら……」

「ぬるぬる、べちょべちょじゃないの。ほらほら、毛のほうまで濡れてるわ」

美寧子の指は、処女の花びらをいたぶりつくしているようである。

「おばさまの、意地悪っ」

「どうしてこんなに、お濡らししてるのよ」

「おばさまが、そこをいじくるからよ」

「ああ、ここなのね。ここをいじくると千絵美は、ぐっしょり濡れてくるのね」

美寧子が、千絵美のクリトリスを集中的に、苛《いじ》めているようであった。

ああーっと声をあげて、千絵美が不意に反転し、美寧子に抱きついてゆく。

寝室には、女二人の甘い体臭が濃くなっていた。レズはますます、佳境に入りつつある。

香坂は、いつでも合流できるように、衣服を脱いだ。呆《あき》れ返ったことに、ズボンとブリーフを脱いでしまうと、香坂の男性はもう最高度に充実して、しなりを打っている。

美寧子はいつしか千絵美を抱き起こし、二人して柔らかく抱擁しあって、唇を貪《むさぼ》りあっていた。裸身同士が絡みあうその姿を、枕許《まくらもと》のスタンドがほんのりきれいに、照らしだしている。

香坂は、美寧子に合図をしようと思った。

でも美寧子は、香坂の入室を知っているようである。

やがて、二人の唇がはなれ、同性の唇をむさぼっていた美寧子の唇が、処女の白いうなじから胸、乳房へと、降りてゆく。

「あっ、はあん……」

千絵美は、頤《おとがい》を反らせた。

美寧子の唇が、若い乙女の乳房の尖《とが》りたちを吸いながら、右手がいつしか股間に分け入っていて、千絵美の秘唇を再び、さぐりたてはじめているからである。

「ああ、この娘《こ》ったら、ますますお濡らししちゃって、どうしちゃったのかしら」

「いや、いや、そこっ……おばさま、感じちゃう」

「油を噴きこぼしてるわ。クリトリスやワギナのびらつきをトサカみたいに、固くおっ立ててるじゃないの。こんなに固くおっ立てていったい、何をしたがってるのよ」

美寧子のお上品な顔からは、想像もできない痴語が浴びせかけられている。

「ああ、いやっ……おばさま、そんなとこ、ずぼずぼ突かないで」

「突かないでと言っても、よがってるじゃないの、あなた。千絵ちゃんは本当はここに、男の人のを入れたいんでしょ。え？」

「わかんない」

上気した顔がのけぞりつつ、喘《あえ》いでいる。

「わかんないと言ってるくせに、欲しがってるのよ、ここ」

「でも、男のひとは恐いわ……不潔よ……けだものだもの……おばさまの、あのふといのを入れて」

「駄目駄目……今日はバイブレーターは入れませんからね。——ねえ、千絵ちゃん、ごらんなさい、ほら、あれを入れるのよ」

美寧子が、ベッドの脇《わき》に立っている香坂を指さした。

何気なく香坂のほうを見た千絵美が、あっ、と驚きの顔を見せた。

悲鳴は、しかし、あげはしなかった。

びっくりしたみたいに、眼を見張っている。

その時、香坂は素裸の上にワイシャツだけを一枚、肩から引っかけてベッドサイドに立ち、勢いよく勃起《ぼっき》した硬直を右手で握って、示威運動《デモンストレーション》をするが如く、暖機運動《ウォーミング・アップ》をするが如く、ゆるやかにしごきたてていたのである。

「ほら、見てごらんなさい。あの神々しいものを」

「いやだあ……乃木坂クラブの社長ったらあ……いつのまに……」

「私がね、呼んだの……わたし、香坂さんに抱かれたいのよ……あなたは男嫌いだから、だめよ。見てなさい。見てるだけよ、いいこと」

美寧子は香坂に合図を送り、いらっしゃって……と、眼で誘った。香坂がぱっとワイシャツを脱ぎすてててベッドにあがると、美寧子は千絵美を手放しざま、香坂のほうに乗りかえて武者ぶりつく。

香坂は、その未亡人の女体を無言で押し伏せた。

美寧子の顔に覆い被《かぶ》さって、キスをする。

右手で乳房を揉《も》み、それから股間をさぐる。

もっさりした黒い毛むらを掻《か》きあげて、女芯をさぐりたてると、そこはもう火口のように、どろどろと熱い蜜《みつ》をたたえている。

4

「ね、もう前戯はいいわ。いらっしゃい」

まず、正常位からはいることにする。

久しぶりの美寧子の裸身を仰むけに寝かせ、両下肢を大きく開かせると、軽く膝《ひざ》を立てさせ、その間にはいる。

香坂は、照り輝く硬直をこれ見よがしに千絵美にも見せておきながら、左手で美寧子の溶けうるみをほぐしたて、あてがう。

未亡人、美寧子の女芯は、男根の翼でこねくられて、ますます熱く火口のようにたぎりたってきた。

はじめは柔らかく、膣口のあたりに突き埋ずめ、浅く出し入れし、それからぐいと腰を沈めて深く奥まで突き進んだ。

「あうっ……」

美寧子は、眼を閉じた顔を横にむけたまま、押しつまった呻《うめ》きを洩らし、思わず、叫ぶのを怺《こら》えるといったふうに、右手の甲を軽く口にあてて咬《か》んだ。

美寧子の火口は、どろどろに溶けうるんではいたが、しかしその奥の通路は、たいそう狭隘《きようあい》であった。

その狭くるしい肉洞は、じきに香坂のものに馴《な》れて柔らかくひしめきかかり、未亡人はうっとりした声をあげる。

未亡人の肉洞の内奥には、牛肉のミンチを塗りつけたような、こまかい肉がいっぱい詰まっており、そのミンチ状の肉の粒子が粘りにまみれて、香坂の男性にからみ、間歇的《かんけつてき》な圧迫を加えてくる。

「ああ、いいわ……香坂さん……とても気持ちいいっ」

美寧子は、いまその一瞬の倖《しあわ》せを深く享受しようとするように、不意に腰をせりあげてきて、ゆさぶる。

「ああ……とろけそう……私の火口が、どろどろにとろけそうよっ」

傍で眼を見張って驚きながら、見つめているであろう千絵美への思惑《おもわく》もあって、未亡人はやたら、よがり声をあげる。

やがて美寧子は、長いほっそりした脚をからめてきた。

そうして双の手で、香坂の肩をひしと抱きしめると、あたかも大きな白い蟹《かに》の四肢にしっかりと搦《から》めとられたような按配《あんばい》で、そうしてそのくせ、一点だけが火口のように熱くて心地よい。

香坂はその中を、激しく突き捏《こ》ね、動いた。

「いくっ」

突然、美寧子は、男の腰に巻きつけた双の脚を宙に跳ねあげ、のけぞりながらふり絞ったような声をあげた。

その突然の声は、もはや模範演技でも何でもなかったようである。

未亡人は何度も、小さく、いくっ、いくっと叫んだ。そのたびに、粘りを孕《はら》んで温かく締めつけてくるミンチ状の粒肉のうごめきに、香坂はたちまち果てそうになった。

「ああ、これよっ……これよっ……硬くてふといっ……」

美寧子は、双の乳房を波打たせて、腰をゆさぶりたてる。

「突いてっ……突いてっ……イキそう……ああ、香坂さんのふといのが好きっ」

香坂は、ますます弾けそうになっていた。

今、放ったら、肝心の千絵美の処女貫通ができない。

「ああ……わたし……イキそう」

髪と顔を左右に振りたてながら、美貌《びぼう》を歪《ゆが》めてうわ言のように言う未亡人の狂おしさに負けそうになり、香坂は素早く一計を案じて、腰をぶるぶるっと震わせ、発射する真似《まね》をした。

「あああっ……だめだっ……いきそう」

香坂がそう叫んだ時、未亡人の顔がのけぞり、裸身が波打った。

「ああ、わたしもまた……い、いくっ」

汗まみれになった肌を生光りさせながら、美寧子は泣き声まじりの声を高く放った。

その様子を、ほとんど呆然《ぼうぜん》として見ていたのは、処女の湯村千絵美である。

「おばさまばかりよがっちゃって、もう、いやっ」

嫉妬《しっと》を身内に貯《たくわ》えた処女の眼は、幸運なことに、もはや男嫌いというよりは、美寧子を押しどけてでも、自分が男を奪い、迎え入れたそうにしていた。

果ててしまってから、美寧子はむこうむきに、ごろんと横になってしまった。香坂のしかるべきところが、まだ赤黒く充実しきっているのを見て、

「おばさま……ずい分、気持ちよかったみたい……ね、千絵美にもちょうだーい、欲しいっ」

千絵美が、瞳《ひとみ》にうっすらと涙をうかべて、香坂の肩を摑《つか》んでゆすりたて、自分にもくれと催促する。

香坂は、いよいよ本日のメーンディッシュに取りかかることにした。

5

湯村千絵美は、もう未亡人とのレズタイムで充分、女芯を濡《ぬ》らしていたようなので、前戯に時間はかけなかった。

軽く抱いて押し伏せ、くちづけを交わす。

桜の花びらを貪《むさぼ》り吸うと、熱い呼気が鞴《ふいご》のように洩《も》れてきたので、この処女も相当、昂奮《こうふん》していることが窺《うかが》われる。

指で股間を探りにゆくと、すみれ色にめくれひらいた可憐《かれん》な肉びらのあわいに、とろとろとクリームのような蜜液《みつえき》を湛《たた》えていて、指でまさぐると、そのクリーム状の液体はこぼれるように、両側の外陰唇を飾る性毛にまで流れだしてきた。

「おや、もう準備してるじゃないか。男が欲しいんだな、ん?」

「ん……欲しい……おじさんの、早く入れてみて」

「ようし。気を楽にして」

千絵美を仰臥《ぎょうが》させる。

双脚をひらかせる。

そうしておいて香坂は後ろにまわり、双の足首をつかんだ。その足首ごとに持ちあげた千絵美の双の脚を、香坂はぐいぐい上に運び、顔の近くまで折りまげておいて、二つ折りにした若い女体の秘密の部分を眺めた。

草むらはわりと薄く、丘辺をおおう若草のように、ほんのりと谷間上辺にそよいでいる。美寧子の指によっていじられ、今や、ぬっちゃりとひらいた肉びらは、まだ可憐であった。

ともかく、そのおむつ替えスタイルだと、処女の女芯と肛門は、今や天井をむくくらいにヒップがあげられ、あながまさに上にむけられる角度になる。

これだと、香坂の豪根を収めて一気に深く突き入り、もし万一、処女膜が残っている場合でも、痛がる寸刻を与えずに一気に底までつらぬくことが出来る。

香坂は、激しく勃起《ぼっき》したものを、可憐なつらぬきのほとりにあてがった。

ちょっと力を入れただけで、あうっと千絵美は首を反らせてのけぞる。

少しずつ、少しずつ道をつけながら、膣口から奥をうかがった。

膣口の狭いところを、ぴちっと押し割るように香坂の巨根の翼肉が通過する瞬間、

「あうっ……」

とも、

「ぎゃっ……！」

ともつかない連続する二つの悲鳴を、千絵美はほとばしらせたが、しかしそれはほんの一

瞬のことで、香坂はもう狭い通路を押し割って、奥へ届いていた。

処女膜の抵抗というものは感じられなかったので、少し呆気《あっけ》なかった。しかし考えてみると、レズボスの美寧子によって、すでに小型のバイブレーターか何かの異物を、何度も挿入されて処女膜はもうとっくに破れていたのかもしれなかった。

処女膜はなかったがしかし、千絵美は心に処女膜をもっていたような気がした。そうして北鎌倉の山中でレイプされかかって男恐怖症に陥《おちい》っていた湯村千絵美は、しかし、香坂の巨根の一撃によって、漸《ようや》く、心理的な処女をも完全に卒業したようであった。

なぜなら、次の瞬間からはもう、香坂の力強い動きにあわせて、千絵美は処女だったとは思えないほど、ううっ、ううっと、甘美なる呻《うめ》き声をあげて、華やかに乱れはじめたからである。

「あっ……いいわっ……いきそう……いくぅ」

可憐なる同性愛者、千絵美の締めつけが強まり、感きわまったように、彼女は顔と髪を打ち振りつづけた。

（この作品『禁断の応接室』は、平成八年七月、角川書店から『女取締役の欲望』として文庫判で刊行されたものを改題したものです）

一〇〇字書評

切り取り線

本書の購買動機（新聞名か雑誌名か、あるいは○をつけてください）

＿＿＿新聞の広告を見て	雑誌の広告を見て	書店で見かけて	知人のすすめで

住　所	
なまえ	
年　齢	
職　業	

あなたにお願い

この本をお読みになって、どんな感想をお持ちでしょうか。右の「一〇〇字書評」を私までいただけたらありがたく存じます。今後の企画の参考にさせていただきます。

あなたの「一〇〇字書評」は新聞・雑誌などを通じて紹介させていただくことがあります。そして、その場合は、お礼として、特製図書カードを差しあげます。

右の原稿用紙に書評をお書きのうえ、このページを切りとり、左記へお送りください。電子メールでもけっこうです。

〒101-8701　東京都千代田区神田神保町三―六―五
九段尚学ビル　祥伝社　☎(三二六五)二〇八〇
祥伝社文庫編集長　加藤　淳
bunko@shodensha.co.jp

祥伝社文庫

上質のエンターテインメントを！　珠玉のエスプリを！

祥伝社文庫は創刊15周年を迎える2000年を機に、ここに新たな宣言をいたします。いつの世にも変わらない価値観、つまり「豊かな心」「深い知恵」「大きな楽しみ」に満ちた作品を厳選し、次代を拓く書下ろし作品を大胆に起用し、読者の皆様の心に響く文庫を目指します。どうぞご意見、ご希望を編集部までお寄せくださるよう、お願いいたします。

2000年1月1日　　祥伝社文庫編集部

●NPN774

禁断《きんだん》の応接室《おうせつしつ》　官能サスペンス

平成12年6月20日　初版第1刷発行

著者　南《なん》里《り》征《せい》典《てん》

発行者　村木博

発行所　祥《しょう》伝《でん》社《しゃ》
東京都千代田区神田神保町3-6-5
九段尚学ビル　〒101-8701
☎03（3265）2081（販売）
☎03（3265）2080（編集）

印刷所　堀内印刷

製本所　豊文社

ISBN4-396-32774-9 C0193

祥伝社のホームページ・http://www.shodensha.co.jp/

祥伝社文庫

南里征典　背徳の野望（蜜の罠編）

ホテル王を夢みる本郷《ほんごう》に、巨億の富を遺《のこ》して死んだ不動産王の一人娘が、若い肢体を投げ出してきた。

南里征典　背徳の野望（真昼の誘惑編）

狙《ねら》った美女を次々と籠絡《ろうらく》し、ホテル王への道をひた走る凄腕営業課長本郷に、絶体絶命の危機が訪れた！

南里征典　背徳の銀行

支店の不良債権を調査し回収する特別秘密銀行員・辰巳《たつみ》草介《そうすけ》は、女性顧客を誘惑、債権回収の秘策に出たが…。

南里征典　野望の銀行

巨額融資を踏み倒そうとする不動産会社社長を追及するため、特別秘命行員・辰巳はその愛人に接近。

南里征典　誘惑の銀行

千代田銀行赤坂支店を襲った醜聞《スキャンダル》、特別秘命行員・辰巳が潜入。甘美な尋問が寝室で始まった！

南里征典　背徳の祝祭

初夜恐怖症の花嫁、結婚詐欺に遭《あ》ったOL…結婚に関する揉《も》め事をベッドの上で解決する凄い奴がいた。